내향인입니다

내향인입니다

혼자가 행복한

진민영 에세이

책읽는고양이

프롤로그

나는 내성적이라는 말을 좋아하지 않는다. 외성적이라는 말은 없지 않은가. 내성적이라는 말에는 은연중 숫기 없고 낯을 가리며 사람의 눈조차 잘 못 맞추는 소극적인 사람에 대한 선입견이 짙게 깔려 있다. 내성의 반대말은 외성이 아닌, 적극적이고 사교적이며 자신감이 넘치는 성격 좋은 리더십이다.

하지만 내향과 외향은 존재한다. 이것은 사자와 호랑이처럼 우열도 없고 비교도 되지 않는다. 부정과 긍정이 아닌, 그저 하나의 중성적 개념이다.

남들과 어울리는 걸 즐기는 게 환호받을 일은 아니다. 혼자를 즐기는 경향성이 비난받을 일은 더더욱 아니다. 하지만 우리는 종종 두 가지를 긍정과 부정으로 나눈다. 그래서 나 또한 10대 시절 그토록 나의 내향성을 부정했다. 사교의 장으로 스스로를 몰아세웠다. 그곳은 혼자 있던 어떤 공간과 시간보다 더 극심한 외딴섬이었다. 지금은 나의 내향성을 완벽하게 인정하고 사랑하지만, 여전히 사회의 질서가 외향인에게 유리한 것은 부정할 수 없는 사실이다.

나의 성격은 사교적이지도 않고 사람을 사귀는 일에 능숙하지도 않다. 사회는 왠지 이런 내가 꼭 불행해야만 한다고 생각하는 듯하다. 그들의 우려와 달리 나는 아주 행복하게 잘 살고 있다. 나는 나를 동정하는 외향적인 주류 사회를 향해 외치고 싶었다. 내향인을 사회의 약자 취급하지 말라고.

《내향인입니다》는 홀로 최고의 시간을 보내는 내향인 이야기다. 얕게는 내향성에 대한 소개부터 깊게는 사회가 만들어놓은 많은 정형화된 '좋은 성격'에 대한 여러 가지 회의적인 의문을 제기한다.

이 책의 독자가 내향적이건 외향적이건 어느 쪽이든 상관없다. 오히려 외향과 내향 그 어느 것에도 속해 있지 않은 사람이 독자가 되었으면 좋겠다. 자신의 성향이 어느 쪽인지 몰라 갈팡질팡해도 괜찮다. 다만, 내향과 외향 어느 한 쪽으로든 기울게 된다면 오직 그것은 자신의 행복을 저울질한 결과이기를 바란다.

외향과 내향은 긍정과 부정이 아니다. 좋은 성격, 나쁜 성격도 아닌 하나의 개성이고, 그 개성은 외내(外內)향에 관계없이 고유의 색깔과 향기로 빛날 수 있다.

외향적인 사람들에게는 이해의 폭이,
내향적인 동료들에게는 공감의 힘이,
전해지길 바란다.

당신의 내향인 친구
진민영

차례

고민을 타인과 나누지 않는다

감정을 누군가와 나누면서 해소하는 사람들이 있다. 답을 원하고 해결하고 싶은 마음이 있어서라기보다 그저 하소연하면서 쌓인 감정을 흘러보낸다.

하지만 모든 사람이 다 그렇지는 않다. 나의 경우 고민, 문제, 개인적 괴로움을 남과 나누지 않는다. 친구를 신뢰하지 않아서도 아니고, 억지로 참는 것도 아니다. 신뢰와 인내의 문제가 아닌 취향의 차이다. 고민을 해결하고 감정을 해소하는 방식의 차이다.

말했을 때 속이 후련하다고 느낀 적은 한 번도 없다. 고민은 당사자인 내가 가장 잘 안다. 해결할 수 있는 사람도 나다. 문제의 시작과 끝 모두 나다. 누군가에게 털어놓으면서 내가 행복했다면 기꺼이 털어놨다. 하지만 단 한 번도 그런 적이 없었다. 오히려 무엇 하러 말하나 하는 회의감부터 들곤 한다. 털어놓아야 한다는 중압감에 털어놓고 더 큰 자책감과 괴로움에 시달린다. 말하고 나면 나의 고통을 상대에게 전가시켰다는 죄책감, 해결되지 않을 문제를 언급했다는 괜한 후회만 든다.

고민을 꺼내놓으며 남과 나누는 사람이 있고, 혼자만의 세상에 깊이 들어가 자신만의 방식으로 해소하는 사람도 있는 것이다.

나는 혼자가 편했다. 혼자 해결해야 조금씩 답이 보였다. 고민을 가득 안고 집에 와 펼쳐놓고 하나하나 뜯어보고 생각하고 울고 정리하고 글로도 만들어보고 질문하는 과정이 내게는 베스트였다. 그래야 비로소 쌓인 감정이 조금씩 녹아내린다. 곱씹고 또 곱씹으며 깊이 있는 사고를 통해 나를 조금씩 치유한다.

정답은 자신의 감정이 가장 잘 알고 있다. 어떤 방식으로든 내가 조금 더 행복해지고, 기분이 나아지고 씩씩해졌다면 그게 정답이다.

혼자인 시간이 참 좋다

내가 행복하다고 느낀 순간 대부분은 홀로 보낸 시간들이다. 목적 없이 버스에 올라타 음악을 들으며 이동할 때, 사람 없는 조용한 카페에서 말 없이 글쓰기에 몰두할 때, 방학 기간 인적 드문 도서관을 찾아 창가 자리에 앉아 읽고 싶었던 책을 가득 쌓아놓고 읽을 때, 서점에서 여유 있게 책 구경을 할 때, 읽은 책을 곱씹으며 정리된 생각을 노트에 차분히 적어내려갈 때, 희미한 촛불을 켜놓고 따뜻한 물로 적막 속에서 샤워를 할 때, 따뜻한 물로 목욕을 한 뒤 잔잔한 영화 한 편을 볼 때, 향기 나는 로션과 오일로 마사지를 하고 방 한구석에 앉아 좋아하는 수필이나 소설을 읽을 때, 나른한 휴일 오후 따스한 햇살을 깔고 바닥에 엎드려 색색의 그림을 그릴 때, 좋아하는 작가가 쓴 책을 읽고 또 읽을 때, 꽃이 있고 나무가 있고 바람이 잔잔하게 불어오는 한적한 자연 속을 걸을 때 등등… 정적 속에 혼자 있었던 모든 시간들이 행복하다고 느꼈던 순간들이다.

혼자만의 시간은 나에게 든든한 정신적 포만감을 준다. 떠돌던 초점 없는 영혼이 제자리를 찾아 육체와 정신이 완벽하게 하나가 되는 순간이다.

흔히들 외롭지 않냐고 묻는다. 외로움은 '혼자'가 만들어내는 감정이 아니다. 외로움은 북적대는 인파 속에 있을 때 더 극심하게 느낀다. 외로움은 깊이 있고 의미 있는 관계를 잃었을 때 나타난다.

나는 외로울 틈이 없다. 주변에는 좋은 친구와 사랑하는 가족이 있다. 그들과 가치 있는 시간을 보내고 서로를 생각하는 마음을 함께 나눈다. 자주 보지 않아도 늘 충만한 행복과 소속감을 느끼는 만남을 갖는다.

대신 그 밖의 모든 시간은 온전히 나 자신에게 할애한다. 설명하지 않아도, 말로 표현하지 않아도 말없이 모든 것이 이해되는 순간이 혼자 있는 시간이다. 적막이 흐르는 나만의 동굴 속에 들어가 생각에 파고드는 시간이 좋다.

나는 사람을 자주 만나지 않는다. 최대 일주일에 한 번, 매달 4회 이상의 만남은 갖지 않는다. 혼자만의 시간은 그만큼 절실하다. 이 시간을 잘 지켜내야 누구와 함께하든 에너지 넘치는 시간을 보낸다.

혼자를 선호하는 건 잘못된 게 아니다. 흔히 말하는 어울려야 한다, 융화되는 조화로운 사람이 되라는 말은 절대적인 기준에 의한 것이 아니다. 단지 순조롭고 안정적인 사회를 만들기 위함이다.

내게 혼자란 하나의 취미 활동이다. 수영과 낚시를 즐기는 사람들처럼 나는 '혼자' 라는 취미 활동을 즐긴다. 혼자를 즐기지만 나는 어울림을 싫어하지 않는다. 사실 나는 사람들과 꽤 잘 어울린다. 그리고 유쾌한 시간을 보낸다. 단지 혼자의 시간이 훨씬 더 좋을 뿐이다.

침묵과 고독이 휴식이다

정적이 흐르는 방, 희미한 조명, 물건 없는 다소 휑한 실내, 이런 곳에서 아무 말 없이 생각하고 읽고 듣는 시간이야말로 내가 최상의 창조력과 최대의 에너지를 발휘할 수 있는 때다.

사람 없는 카페를 좋아하고, 조용한 도서관을 좋아하는 이유도 그곳들이 모두 부재중이기 때문이다. 소리, 사람, 말, 불빛이 결여된 공간이 좋다.

유독 생각이 많은 성격이다보니 부재의 시공간에 대한 갈증이 더 컸다. 하루가 저물어가는 시간, 일과가 끝난 오후만큼은 홀로 희미한 촛불에 의지한 채 부재가 주는 적막함으로 충만하고 싶다.

최근에도 여행을 통해 완벽하게 혼자였던 시간을 세 달 가량 가졌다. 이 세 달은 내게 삶의 전환을 가져왔다. 그 시간 동안 나는 치유되었고 위로받았으며 '나'에 대하여 깊게 공부했다.

침묵과 고독이야말로 내게 진정한 휴식이다. 주위에 사람이 없어야 조금씩 바닥났던 에너지가 차오른다. 사람들은 침묵 앞에서 불안해한다. 때로는 침묵 자체를 견디지 못해 어떻게든 화젯거리를 만들어 어색한 대화를 이어간다. 고독에 대해서도 관대하지 못하다. 고독함은 쓸쓸함이고 쓸쓸한 사람은 동정의 대상이자 안쓰러운 존재일 뿐이다.

인간은 이기적이어서 대체로 자신이 속한 사회와 자신의 행동이 이 세계의 질서이자 주류라고 생각한다. 하지만 사람들은 저마다 생각이 다르고, 가치를 부여하는 대상도 다르다. 즐거운 순간과 행복하게 시간을 보내는 방법도 제각각이다. 나에게는 즐거운 시간이 누군가에게는 고역일 수도 있다.

나는 상대가 싫은 것도 아니고, 상대에게 화가 난 것도 아니다. 특별히 기분이 안 좋은 것도 아니다. 그저 휴식의 공간과 휴식이 허락된 나의 자유 시간만큼은 혼자이고 싶을 뿐이다. 혼자의 시간은 나를 지키는 요새다.

침묵의 시간에 나는 그 누구보다 최고의 순간을 보낸다. 어릴 적부터 나는 늘 혼자만의 시간을 즐겼다. 혼자라는 넓은 심해 속에서 헤엄치며 즐거움을 추구했다. 홀로 책을 읽거나, 시나 동화를 쓰고 그림을 그렸다. 방 구석에 쪼그려 앉아 꼼지락거리며 누구보다 바쁘게 시간을 보내는 그런 아이였다.

사람들은 대부분 이런 나를 이해하지 못했다. 어릴 때는 목소리가 작고 소극적이라 사회성이 떨어지는 건 아닌지 주위에서 온통 걱정 섞인 우려를 했다. 커서도 상황은 별반 달라지지 않았다. 왜 남들처럼 페스티벌, 파티, 클럽을 즐기지 않냐고, 방학인데 어디 놀러가지 않냐고, 왜 젊음을 골방에서 허비하냐고, 좀더 활달하게 축제도 참가하고 동아리 활동도 적극적으로 하며 에너제틱하게 살아보라는 식의 압박 섞인 목소리를 수없이 들었다. 나는 대학 4년 동안 동기들과도 별다른 교류 없이 홀로 학교 생활을 했다. 마지막까지 축제, 주점처럼 와자지껄한 행사와는 거리를 좁히지 못했다.

축제 때 열리는 콘서트나 페스티벌은 체질적으로 나

와 맞지 않았다. 야광봉을 휘두르면서 공연자의 고함 소리를 받아내며 격렬하게 호응하고, 광란의 관중석과 한몸이 되어 쿵쿵거리며 몸을 흔드는 것 모두 내게는 괴로움의 시간이었다. 귓방망이가 울리는 외침 소리를 비롯해 인파가 몰리는 곳은 그 어떤 데든 나의 에너지를 빼앗았다. 돈과 시간을 쏟아부었지만 나는 그에 상응하는 가치로운 만족감을 얻지 못했다. 모르는 사람과 어깨동무를 하는 등 배려 없는 신체 접촉을 감당해야 하는 것도 내게는 불쾌감과 스트레스로 이어졌다.

나는 떠들썩한 술자리도 즐기지 않고 클럽이나 놀이 공원도 잘 가지 않는다. 때때로 사람들은 내게 무슨 재미로 사냐는 질문을 한다. 하지만 매일같이 떠들썩한 파티를 하고 놀이 공원과 축제를 분기별로 참가해야만 즐겁고 다채로운 인생을 보내는 건 아니다. 세상에는 다양하고 많은 놀이 문화와 즐길 거리가 있다. 또 그것을 향유하는 방식 또한 천차만별이다.

나는 벽난로의 장작 타는 소리를 배경 삼아 서로를 곁에 두고 말없이 자기 할 일에 몰두하며 이루어지는 교류가 좋다. 홀로 도서관에 가 읽고 싶은 책을 잔뜩 곁에 쌓아놓으면 설렌다. 여럿이 우르르 몰려 노는 것보다 소수의 친한 친구들과 함께하는 시간이 좋다. 오랜 시간 자아를 찾는 여정 끝에 내가 내린 결론은 그저 내가 행복한 일을 하자였다.

어릴 적 쉬는 시간이면 또래들은 삼삼오오 밖으로 나가 피구를 하고 놀이터로 향했으나, 나는 단짝 친구 한두 명과 교실에 남아 그림을 그리거나 만들기를 하며 보냈다. 대학에 와서도 대부분의 공강 시간을 나는 도서관에서 보냈다. 점심을 먹자는 권유도 두 번에 한 번은 고사하고 도서관으로 돌아와 책을 읽거나 휴게실에서 잠을 자고 옥상에 올라가 음악을 들었다. 그리고 이 모든 시간은 충실하게 내 자아와 정신을 유연하고 기름지게 만들었다.

대체로 에너지를 주는 편이다

나의 주변 사람들은 늘 내게 '에너지를 받는다'라고 말한다. 그렇다. 나는 에너지를 주는 편이다. 모든 내향적인 사람들은 대체로 에너지를 주는 편에 속한다. 좋아하는 사람이건 아니건 상관없이 내가 인간 관계를 맺을 때 힘에 부치는 이유다. 원하든 원치 않든 상대가 누가 됐든 에너지를 뺏긴다.

그래서 나는 감정에 더 솔직해질 수밖에 없다. 힘들면 지속하지 않는다. 그 자리에 가만히 멈춰 서서 쉬어 간다. 그래야 더 나아갈 힘이 생긴다. 억지 웃음을 짓거나 마음에 없는 말을 내뱉으며 얼마 없는 에너지를 굳이 허비하지 않는다.

예민하고 민감하다

　내향인으로 살면서 가장 좋으면서도 괴로운 점은 바로 극도의 예민함이다. 예민함의 정도는 개인차가 있지만 내향인들은 대체로 민감성을 공유한 다섯 가지 감각이 아주 잘 살아 있다. 주변에 일어나고 있는 작은 변화 하나하나가 자극이 되고 때론 고통이 되어 영향력을 발휘한다.

　그래서인지 놀라울 정도로 둔감한 세상에 당황스럽다. 모든 상황을 예민하게 받아들이다보니, 나는 말 한마디도 신중하게 하고 타인을 먼저 배려하는데 세상은 나와 같지 않다. 이럴 때 허탈감을 느낀다. 상식과 개념이 없는 몰지각한 행동에 분노할 때도 있다. 번번히 불쾌감을 느끼는 자신이 원망스럽기도 하다.

예민함은 외부의 작은 반응과 변화에도 큰 자극을 느끼게 한다. 소음에도 민감하고 타인의 언행, 몸짓, 말투를 심각하게 받아들이는 경향이 있다. 길거리에 아무렇지 않게 나뒹구는 플라스틱 테이크아웃 잔을 볼 때나 휴지, 담배꽁초를 아무 데나 버리고 바닥에 침을 찍찍 뱉는 사람들을 보면 화가 치민다. 신호를 위반하거나 보행자 도로를 질주한다든지, 좁은 골목에서 경적을 울려대는 자동차를 보면 노골적으로 얼굴에 불쾌함이 묻어난다. 식당에서도 듣기 거북한 주제를 두고 자신의 안방인 듯 마냥 떠드는 사람들이 있으면 화가 나고 하루 종일 기분이 언짢다.

스스로에게도 지나치게 엄격하여 혼자 있을 때조차 높은 도덕적 자질을 요구한다. 도덕 규범을 철저하게 지키는 이유는 어쩌면 피해 보고 싶지 않아서다. 황금률처럼 내가 준수한 만큼 타인의 존중과 배려를 약속받고 싶어서 말이다.

자극에 둔감하고 쉽게 인정하고 받아들이는 사람들이 부러웠던 적도 많다. 같은 상황도 대수롭지 않게 넘기고 유연하게 사고하는 사람들을 보면 이곳이 정말이지 같은 세상인지 의심이 들 정도다.

누군가가 부정적인 이야기를 하면 하루 종일 그 감정 속에 빠져 침울함으로부터 헤어나지 못해 괴로워한다. 주위에서 벌어지는 변화와 자극에 쉽게 반응하고 스스로를 그 상황으로부터 잘 분리시키지 못하기 때문이다. 나를 평가하는 말을 들으면 곱씹고 또 곱씹어 상처가 두 배, 세 배가 되도록 키웠던 적도 있다.

슬픔, 기쁨, 감동을 더 강렬하고 진하게 느끼는 만큼 상처를 받으면 회복하는 시간도 오래 걸린다. 상처뿐만 아니라 모든 감정의 깊이를 남들보다 더 강하게 느낀다. 벅찬 감동이 시도 때도 없이 파도처럼 일상을 덮쳐와 무엇이든 하지 않으면 감정에 쉽게 휩쓸려 우울감에 빠지기도 하고, 황홀경에 젖어 흥분 상태가 지속돼 쉽게 피곤해지기도 한다. 글을 쓰는 이유도 나의 감성이 나조차 감당 안 될 때가 있기 때문이다. 글로나마 해소하지 않으면 북받치는 감정을 추스를 수가 없다. 웬만해서는 웃어넘기는 평범한 농담이나 조롱 섞인 장난도 내게는 관계 자체에 제동을 걸기도 할 정도다.

가끔은 사람들과 있는 시간이 너무 괴로워서 아무도 없는 무인도에 가서 살고 싶다. 도시의 복잡함에 질려

자연의 품으로 돌아가는 상상을 하며 매일매일 버틴 적
도 있다.

소리에도 매우 민감해서 버스를 탈 때마다 기사 아
저씨가 난폭하게 운전을 하거나 경적을 울리고 욕을 하
면 심장이 두근거려서 하던 일을 내려놓고 주시하기 시
작한다. 비 오는 날을 유독 좋아하는데 비 자체에 애착
도 있지만, 비가 소리 방음제 역할을 해 세상을 조용하
게 만들기 때문이다.

나는 못 보는 영화도 많다. 특히 슬픈 역사를 모티브
로 한 영화는 잘 못 본다. 영화의 내용과 등장 인물의 말
투, 표정이 하루 종일 나를 지배하고 압도한다. '동주'
와 '귀향'을 볼 수 없었다. '연평해전'을 보고 트라우
마에 가까운 하루를 보냈고, '변호인'도 후유증이 몇
주간 계속됐다. 뻔하디 뻔한 로맨스 영화도, 신파에 가
까운 가족 영화 한 편에도 다음날 일상에 지장이 갈 정
도로 눈물을 쏟아낸다.

《센서티브》의 저자 일자 샌드는 "민감성은 신이 주
신 최고의 선물"이라고 말한다. 내면이 복잡한 만큼 풍
요롭고, 타인의 감정에 동화된 만큼 깊이 공감할 수 있
다. 자신에게 엄격한 잣대만큼 높은 도덕성과 자아 발

전 원동력을 가졌다. 뛰어난 관찰력과 타인에 대한 배려라는 긍정적인 역할도 한다. 높은 감수성과 사색 덕분에 내향적인 사람들의 내면 세계에는 이성을 넘어서는 풍부함과 예술이나 창작으로 승화되는 좋은 재료가 다채롭게 존재한다.

동전의 양면처럼 관점을 달리하면 장점이 단점이 되고 단점이 곧 장점이 되기도 한다. 예민하고 까칠해서 섬세한 글이 나오고, 내향적이라서 자기 계발에 집요하게 매달릴 수 있다. 어찌 보면 장단점이 아니라 하나의 특질일 뿐이다.

나는 이제 민감성과 예민함을 더는 감추거나 둔감해지기 위해 애쓰지 않는다. 예민할 때는 예민한 모습 그대로 행동한다. 지독하게 민감한 나의 성향을 오히려 키우고 태워서 연료로 사용한다. 둔감한 사람들의 삶이 편해 보인다고 생각한 적도 있으나 더 이상 그들이 부럽거나 이상적이라고 생각하지 않는다. 그들은 둔감한 만큼 감동도 감상도 깊이가 다르다.

내가 가진 민감성은 나에게 충만감을 맛보게 하고, 사소함에서 '특별함'을 발견하게 한다. 벅차오르는 감동으로 삶이 더욱 풍요로워진다.

단조로운 삶을 추구한다

21세기 지구는 나같이 예민한 종족들에겐 최악의 서식지다. 가뜩이나 예민하게 태어났는데 문명과 기술은 매일같이 고도 성장의 파도를 타고 무섭게 상승 곡선을 그리기 때문이다. 수만가지 자극이 24시간 내 곁을 상주하는 시대다. 나의 예민함은 시간이 지날수록 원만해지기는커녕, 모나고 각진 감각 촉수는 점점 더 뾰족해져 곧 흉기가 될 기세다. 종류도 개수도 무한대로 더 증식할 뿐 조금도 줄어들거나 단순해지지 않는다. 머릿속은 매일같이 쿵쾅대는 잡념들로 늘 분주하다.

의자 하나를 고를 때에도 의자 높이, 착석감, 등받이 기울기, 시트의 재질까지 칼로 재듯 따지는 나는 어딜 가나 별나고 피곤한 불청객이다. 아무 의자나 털썩 앉아 무엇이든 할 수 있는 넉살 좋은 사람이면 얼마나 좋겠냐만, 불행히도 나의 예민함은 스위치가 있어 필요하면 켜고 끌 수 있는 존재가 아니다. 예민함을 떠안고 어떻게든 이 둔감한 세상 속에서 잘 살아가는 것만이 유일한 대안이다.

그래서 자극을 줄이고 또 줄여 내 통제력이 닿는 모든 시공간을 내게 적합한 서식지로 만들기 위해 노력한다. 집에서는 최대한 단조로운 생활을 하려 한다. 일과의 템포가 느려지면 물리적 심장 박동도 느리게 뛴다.

예민한 사람들은 부팅 속도가 오래 걸리는 낡은 컴퓨터와 같다. 매일같이 용량을 하마처럼 잡아먹는 신생 프로그램들이 업데이트 되는데, 나는 고화질 게임 하나만 돌려도 광풍 같은 펜 소리를 몰고 오는 저사양 CPU로 살아가고 있다. 동일한 자극도 더 빨리, 크게, 오래 인지하기에 결국 인풋을 최소화하는 수밖에 없다. 적은 용량에 사진이며, 문서며, 파일을 가득 가득 쌓아놓으면 컴퓨터는 허구헌날 경고 메시지를 보낼 것이다. 그래서 나는 사람도 적게 들이고, 소셜 미디어도 하지 않는다. 음악을 들을 때는 음악만 듣고 책을 집어들면 독서만 한다.

결코 사람과 단절되고 싶어서가 아니다. 타인의 삶을 보고도 그냥 보는 것으로 끝나는 사람이 있는가 하면, 그날의 분위기, 활기, 창조력까지 영향을 받는 사람이 있다. 주위에 시선을 잡아끄는 사람이 있으면 대화에 집중조차 못하는 경우도 있다.

나는 오늘도 부재의 시간을 선택한다. 소리는 낮게, 빛은 희미하게, 움직임도 최소화하고 말도 아낀다. 시끄럽게 내 귀와 눈을 자극하는 소리와 화면도 없고 반응하고 확인해야 할 타인도 없다. 문명과 기술 사이에 칸막이를 하나 치고, 대화도 만남도 펜스를 쳐 정원을 제한한다.

물건, 정보, 관계, 만남, 생각, 무엇이든 내가 소화할 수 있는 용량만큼만 허용한다. 가치로운 만큼 더 소중하게 지켜내기 위해 늘 적당한 거리를 둔다.

2부

혼자일 때 힘을 충전한다

에너지를 얻는 방식이 다르다

바깥 공기를 맡으면서 사람과 살을 부딪쳐야 힐링이
되는 사람이 있듯이 혼자만의 시간을 오독오독 씹어야
충전이 되는 사람이 있다. 이게 내향인과 외향인의 차
이다.

내향적인 사람이라고 사람과의 어울림을 기피하는
것은 아니다. 늘 집에만 있는 것도 아니다. 소극적이고
수동적일 거란 생각 또한 선입견이다. 외향적인 사람도
마찬가지다. 그들이라고 다 목소리 크고 나서기 좋아하
지 않는다. 외향인 가운데는 소수의 만남을 선호하는
조용한 사람도 많다.

단지 둘이 극명하게 갈린다면 그것은 에너지를 얻는

방식에 있다. 내향적인 사람들은 내부에서 기를 모은다. 바깥의 어떤 작용도 그들에게 축적된 힘을 주지 않는다. 오직 자신이 편안함을 느끼는 공간에서 말하지 않고 행동하지 않고 반응하지 않아도 될 때, 홀로 자신이 좋아하는 일에 말없이 몰두하고 빠져들 수 있을 때, 선택을 오롯이 자신 스스로 내릴 수 있을 때 그들은 충전된다.

그래서 내향적인 사람들은 홀로 즐기는 취미가 많다. 나의 경우 어릴 적부터 그림그리기와 시짓기를 좋아했다. 이 특기는 성향과 많은 연관이 있다. 남들과 관계 속에서 반응하고 교류하고 일하고 대화하고 공감하고 다투고 함께 웃고 떠드는 시간은 내향인에게서 기를 앗아간다. 피로감이 누적되고 지친다.

반면에 외향적인 사람들은 어울리며 기를 충전한다. 사람과 함께하는 시간 동안 무언가가 충만하게 차오르고 살아 있음을 느낀다.

외향과 내향의 온도차

내향인이든 외향인이든 사회에서 말하는 호불호에 휘둘리지 말고 나 자신을 인정해주고 칭찬해주며 응원해주어야 한다. 결국 내재된 본성이란 쉽게 변하지 않아 스스로 아무리 부정하고 외면하고 감추려 해도 본인이 가진 타고난 내향성과 외향성의 본질은 변하지 않는다. 한때 나 또한 내향성을 부정했다. 외향적인 사람이 되려고 하루 종일 사람과 어울렸다. 집에 돌아오면 파김치가 되어 지쳐 쓰러져 잠들곤 했다. 그렇게 충전되지 않고 소비만 하던 에너지는 더 까칠하고 더 예민해져 신경질적인 말투와 태도를 만들었다.

자신을 있는 그대로 받아들이고 인정하면 내가 가진

최고의 성격과 품성이 드러난다. 잠재력도 결국 스스로에게 애정을 가지고 따뜻한 손길로 보듬어줄 때 그 힘이 발휘되는 것처럼 말이다.

내향적인 당신은 쉽게 지치는 스스로를 너그럽게 이해하자. 자신을 몰아세우면서 집에 가고 싶은 마음을 억누르지도, 밝은 체하지도, 고통 받으며 자리를 지키려 하지 말자. 애써 기운찬 표정을 짓지도 말자. 외향적인 당신은 상대가 지친 표정을 내비친다고 너무 서운해하지 말자. 당신과의 시간이 즐겁지 않은 게 아니라 내향적인 그는 집에 돌아갈 시간이 다가온 것이다. 충전하고 기가 차오르면 변함없이 쌩쌩한 기운으로 즐겁게 당신을 맞을 것이다. 부디 더 즐겁게 해주려고 애쓰지도 말고 피곤해하는 상대방 때문에 스스로를 탓하지도 말라.

힘든 이유는 당신이 이상해서가 아니고, 상대방이 이상해서도 아니며 단지 타고나기를 내향적인 성향을 가지고 태어났기 때문이다.

에너지를 밖에서 모으는 사람과 안에서 모으는 사람, 이것이 내향과 외향의 차이다. 홀로 지내면 왠지 맥이 풀리고 허전하며 기운이 없다면 당신은 외향인, 홀로 있다 보면 외로움과 쓸쓸함보다 고요함과 편안함을 느낀다면 당신은 두말이 필요 없는 내향인이다. 그뿐이다.

집을 좋아한다

"집에서 뭐해?"

내가 심심찮게 듣는 질문이다. 그렇다. 나는 특별히 외출할 일이 있지 않으면 집에 있다.

그러나 내향적인 성격과 집을 좋아하는 성향은 다르다. 내향적인 성격이라고 다 집에만 있지는 않다. 내향인은 혼자서 시간을 보내는 것을 좋아하고 다수의 만남보다 소수의 깊은 만남을 선호한다. 집에 있고 없고는 개인의 선호도 문제다. 내가 편하게 시간을 보낼 수 있는 환경에서 혼자만의 일을 하는 것이 중요하지 장소에 제한이 있는 건 아니다.

나는 사교적이지 않지만 활동적이라 종종 바깥을 배

회한다. 그러나 집은 내게 변함없는 최상의 공간이다. 그 어느 곳에 가도 집에 견줄 수 있는 편안함이 없기 때문에 집에 있는 시간이 즐거운 것은 사실이다.

집에 있다고 무언가를 특별히 하지 않는다. 글을 쓰고 빨래와 청소를 하고 쌀을 안치며 옷도 차곡차곡 개켜서 정리한다. 음악을 듣고 요가를 하고 춤도 춘다. 가계부를 쓰고 다림질을 하고 구두 손질도 한다. 그림을 그리고 책도 읽고 밥도 먹는다. 이렇게 나열하고 보니 특별한 건 없지만 많은 일을 끊임없이 한다. 해도 해도 해야 할 일이 계속 생기는 곳이 집이다.

집에 있으면 이렇게 나 자신과 내가 사는 공간을 가꿀 수 있다. 그리고 이는 내게 아주 중요한 일과 중 하나다. 집에 있다 보면 할 일이 끝도 없이 나를 기다린다. 집에 오래 있는 이유는 나가기 싫어서가 아니라 바빠서다.

또 한 가지 이유는 집은 에너지를 충전할 수 있는 최고의 공간이라는 점이다. 집에 있는 동안에는 최상의 편안함을 주는 옷차림, 인테리어, 물건들에 둘러싸여 있다. 그렇기 때문에 만족도와 행복 지수가 높을 수밖에 없다. 내가 원하지 않는 일은 그 어떤 일도 하지 않는다. 말을 하지 않아도 되고 반응하고 웃어줄 필요도 없다. 우울한 기운을 마구 뿜어내고 다녀도 그 누구에게도 피해를 주지 않는다. 내키는 대로 행동하고 끌리는 대로 감정 표현을 할 수 있다.

그렇기에 집을 좋아한다. 집은 내가 머물 수 있는 최고의 공간이다. 누구에게도 간섭받지 않고 소음과 온갖 자극들로부터 벗어난 고요한 공간이다. 충전하고 나를 가꾸는 활동에 집중할 수 있는 최상의 공간이다. 집에 있는 동안 뭘 하느냐는 질문은 계속 들을 것 같다. 언제든 흔쾌히 대답해줄 생각이다.

집에 한 번 있어보라고 권하고 싶다. 최고의 시간을 누리는 것은 물론 나도 몰랐던 나 자신의 새로운 흥취를 발견할 수도 있다. '집에 있으면 대체 뭘 하지' 하는 고민은 할 필요가 없다. 아무것도 안 해도 된다. 그게 집의 매력이다. 아무것도 안 하고 하루 종일 누워서 천장만 바라봐도 되고 물구나무 선 자세로 눈만 끔뻑끔뻑 뜨고 있어도 된다. 그렇게 무턱대고 아무것도 안 하는 시간을 두 세 시간쯤 보내면 그 무료함이 영감을 만들고 시도해보고 싶은 일이 한 두 가지쯤 떠오르게 마련이다.

사람 멀미

　나는 사람 멀미를 일상처럼 경험한다. 사람 많은 곳은 항상 싫다. 하지만 사람 많은 모습을 싫어하는 내 모습은 더 싫었다. 자꾸 부딪혀보고 익숙해지면 나아질까 계속 만남을 시도했다. 억지로라도 사람 많은 곳에 있어보곤 했다. 심장이 두근거리고 앞을 똑바로 볼 수 없어도 버텼다.

　왜 참았을까?

　나의 타고난 기질을 왜 억눌렀을까?

　혼자의 고요함을 즐기는 내 성향을 왜 오답이라고 판단했을까?

　오랫동안 부정해온 내 성격은 긴 시간이 부질없게도

전혀 변하지 않았다. 내향적인 나의 성격은 점점 더 골이 깊어졌다. 그래서 관뒀다. 더 이상 버티며 참고 익숙해지려고 나를 몰아세우지 않는다. 내 몸과 마음이 우선이다.

인파가 몰리는 동선보다 사람이 적은 동선을 택한다. 한 정거장 먼저 내리더라도 길을 좀 돌아가더라도 사람 없는 곳을 찾는다. 돌아가는 길은 수고롭지 않다.

내 마음이, 내면의 평화가 우선이다. 마음이 편한 가치 있는 수고다. 붐비는 환승역을 피해서 미리 내려 걸어간다. 시간이 다소 더 걸릴지라도 전철보다 버스를 타고 길이 막히고 돌아가더라도 승객이 적은 차를 탄다. 사람이 많은 곳에서 에너지를 받고 활력을 얻는 사람이 있듯, 사람이 없는 정적의 시간이 생명줄 같은 나도 있다.

이제 무언가를 억지로 하려고 하지 않는다. 괴로움을 일부러 만들어내면서 연습을 한들 본성이 달라지지 않는다.

자꾸 부딪혀보면 나아진다고 한다. 맞는 말이다. 하지만 나아져서 특별히 좋아지고 싶지 않다. 사람 많은 곳이 익숙해진다고 그 능력이 특별히 나를 더 행복하게 하지 않는다.

소수의 만남이 좋다

친구와 함께하는 식사 자리, 약속, 만남의 시간 모두 4시간이 넘어가면 나는 피로감에 시달린다. 호응이나 반응도 무미건조해지고 집에 가고 싶다는 생각밖에 안 든다. 최장 8시간까지 만남을 가져봤다. 나의 한계선은 5시간 언저리인 것 같다. 그리고 낯설고 불편한 관계일 수록 그 상한선은 낮아진다.

상대가 사랑하는 사람이건, 친한 동료건 예외 없이 즐거움의 정도, 유쾌함의 유무와 상관없이, 일정 시간이 넘어가면 결국에는 기를 빼앗긴다. 대체로 잘 들어주는 경향성, 맞춰주고 호응해주는 성격 또한 내향인들이 공유하는 특질이다.

그래서 다수의 만남보다는 1:1 또는 소수의 만남을 선호한다. 친구 중 아주 외향적인 친구가 있는데 그는 어떤 모임이든 최소 4명 이상 모여야 만남을 가진다고 한다. 개인적으로 대면하는 관계는 부담스럽고 할 말이 없을 때 어색한 침묵이 흐르는 상황이 싫다면서. 나는 오히려 대화 상대가 3명 이상이 되면 말수가 점점 줄어들고 깊은 이야기를 나누지 못해 아쉬움이 많이 남는다.

긴 시간 함께 지내야 하는 여행의 경우, 혼자 짧게라도 바람을 쐬거나 하루 정도 홀로 돌아다니면서 기를 충전하지 않으면 이유 없이 시무룩해져 있어 오해를 사기 십상이다. 실제로 친구와 여행을 하면서 우리는 여행 기간 중 삼분의 일은 따로 다녔다. 이 점을 잘 이해하고 마음 상하지 않게 받아줄 수 있는 친구와 여행하는 것이 중요하다. 행복을 추구하는 것은 나의 자유지만 그 과정이 누군가의 마음을 아프게 해서도 안 되기 때문이다.

'함께' 와 '혼자' 의 밸런스를 찾는다

몸의 균형을 맞추기 위해 종종 요가를 한다. 물리적 환경과 우리 몸에 밸런스가 필요한 만큼, 우리의 내면도 무게중심이 한쪽으로 기울지 않게 무게추를 좌우, 위아래 적절하게 배치할 필요가 있다.

내향인은 분명 사람을 만나는 시간보다 홀로 보내는 시간을 좋아한다. 함께하는 시간이 지독하게 싫어 홀로 보내기를 선택하는 경우도 더러 있다.

그러나 혼자가 편한 내향인이라고 매일같이 자신이 편한 상황에 안주하여 생활한다면 내향적 기질의 장점은 되려 반감되고 만다. 내향인에 대해 그토록 색안경을 끼고 보지 말라고 부르짖던 전형적 편견 속에 스스로를 가두는 꼴이 되어버린다.

　내향적인 사람은 동굴이 필요하다. 동굴에서 보낸 시간은 잠재력을 펼칠 수 있는 힘이다. 그러나 이 힘은 사람과 어울리는 시간이 있기에 더 빛을 발한다. 동굴이 좋아 동굴에만 있으면 앞뒤 꽉 막힌 말 안 통하는 지독한 외골수가 될 뿐이다.

　매일 앞만 보고 걷는다면 가끔은 뒤로도 걸어봐야 하듯, 혼자를 좋아하는 내향인도 사람과 살을 부딪히며 소통하는 시간을 가져 자신에게 몰린 무게추를 타인에 대한 이해로 분산해야 한다. 사람과의 대면은 내향 외향 관계없이 일상 속 중요한 일과로 인식되어야 한다. 산에 들어가 움막을 짓고 자급자족하며 살지 않는 이상, 서로 영향력을 주고받으며 신세 지고 은혜 입고 도움 받는 것은 불가피하다. 싫든 좋든 개개인 모두 더불어 살아가는 사회의 한 구성원이다. 결국 내향인의 모습 그대로 '함께'를 잘 풀어갈 최상의 방법을 연마하는 것이 우리의 숙제다.

　사교적인 외향인이든 낯 가리는 내향인이든 어울리면 즐거운 사람이 있다. 그들은 분명 최고의 내향인, 최고의 외향인이 되기 위해 거듭 고민하고 노력한 자들이다. 수십 수백 명의 대중 앞에서 강연을 하고 대외적인 직종에서 일을 하는 사람 가운데 절대 그렇지 않을 것 같지만 내향적인 사람이 많다. 사람과의 관계를 잘 풀어가는 사람은 외향인도 내향인도 아닌, 원활한 소통을 위해 깊이 고민하고 시간을 들여 노력한 사람이다.

나는 과거에 비해 친구들과 더 긴밀하다. 또 사람과의 만남에 스트레스도 잘 받지 않는다. 내가 외향적인 사람이 되었기 때문이 아니다. 오히려 나의 내향성은 과거 어느 때보다 가장 견고하다. 관계맺음은 진솔함, 경청, 인내, 책임감, 신뢰, 격려, 지지로 견고해진다. 사교성이나 붙임성으로 더 많은 친구를 사귈 수는 있으나, 딱 거기까지다.

외향인도 마찬가지다. 스스로가 사람 사이에 둘러싸여 있을 때 에너지를 얻고 그것이 가장 즐거운 자신이 될 수 있는 환경과 방식이라고 해도, 혼자의 시간은 필요하다.

자기만의 시간은 외향과 내향 상관없이 삶을 살아가는 데 어느 정도 필요한 삶의 기술이다. 내가 요가를 할 때 빠뜨리지 않고 물구나무와 브릿지 동작을 하는 이유가 그것이다. 두 다리로 정면 보고 걷는 게 두말할 필요

없이 더 편하다. 그러나 거꾸로도 서보고 몸도 뒤집어보고 뒤로도 걸어보니 혈액 순환이 잘 되고 몸도 유연해진다. 전반적으로 삶의 질이 향상된다. 혼자의 시간도 잘 보내는 외향인과 적절한 사교 생활로 유연해진 내향인은 혈액 순환이 잘 되는 균형잡힌 신체를 가진 건강한 사람과 같다.

외향적인 친구들을 보면 모두가 그렇지는 않지만 대체로 외로움과 고독에 취약하다. 혼자의 시간을 의도적으로 피하는 친구도 종종 봤다. 기질 탓인지는 몰라도 내향적인 사람들보다 외로움을 능숙하게 핸들링하지 못한다. 외로움은 성향의 차이와 무관하게 인간이라면 모두 지니는 상태다. 그렇기에 이를 성숙한 태도로 접근한다면 여러 모로 고독이 강화되는 여생에 유리하다.

애석하게도 외로움은 오직 더 강력한 고독과 결핍된 시공간에서만 완화된다. 외로움과 충분히 시간을 보내고 친해져야 건강한 관계를 형성할 수 있다.

내 안에서 벌어지는 '고독'이란 존재는 자신과의 대화를 필연적으로 많이 요구한다. 스스로와 깊이 있는 대화를 나누는 시간은 둘도 셋도 다수도 아닌 오로지 철저한 혼자가 될 때 허용된다.

혼자의 시간은 삶에 대한 수많은 난제에 해답을 던져준다. 타인과의 교류는 이미 알고 있는 나의 모습을 더 잘 알도록 해주지만, 몰랐던 내 모습을 발견해주지는 못한다. 혼자의 시간은 깊숙한 곳 어딘가 웅크리고 있는 자신의 한 부분이 조용히 걸어오는 순간이다.

남자들은 군복무를 하는 2년이 지나면, 때에 따라서 다른 사람이 되어 나오기도 한다. 고작 한두 살 차이로, 군필자와 미필자는 소년과 남자만큼의 간극이 있다. 이렇다 할 오락 거리도 없는 속세와 동떨어진 2년, 몸을 쓰는 시간을 제외하고 주어진 모든 무료한 시간은 생각에 꼬리의 꼬리를 물며 보낸다. 사람마다 예외는 있겠지만 내 주위의 전역을 한 친구, 지인들은 군대에서 보낸 시간을 대체로 유쾌하지는 않았으나 백해무익하지도 않았다고 평가한다. 두 번 갈 생각은 추호도 없으나 오직 그 시간이 있었기에 평소에 하지 않는 생각과 고민을 하기도 했다고 한다. 군대는 앞만 보고 달려오던 청년의 시간에 강압적으로 쉼표를 찍어주는 시간일지도 모른다.

홀로 생각하고 고독한 사유 속으로 깊이 빠져드는

시간은 삶의 방향성을 굳건히 하는 데 반드시 거쳐야 할 구간이다. '자신'과 가장 가까워질 수 있는 최적의 환경이 '고독'이다.

내향인들은 시키지 않아도 이런 시간을 충분히 갖지만, 외향인들은 물리적 강압성 없이는 구태여 이런 시간을 찾아나서지 않는다. '국방'의 이름하에 당신의 젊음을 희생하는 것을 결코 당연하다 생각하지 않지만, 홀로 시간을 보낸 경험이 없는 자에게 '군복무'는 강제적으로라도 성찰의 기회를 부여한다. 이는 뒤늦은 방황을 방지해줄 수 있다. '군대'를 빗대었지만, 외향인 내향인 구분 없이 그만큼 혼자의 시간이 중요하다는 것을 말하고 싶었다.

그런 의미에서 외향적 성향을 가진 여성은 누군가 억지로 머리 깎아 자아성찰의 동굴로 보내버리지 않는 한, 때 지난 오춘기에 접어들어 길을 헤맬 위험이 있다.

나는 혼자만의 시간을 아낌없이 갖는다. 그리고 사람과의 만남도 필요하다 판단이 들면 피하지 않는다. 혼자의 시간 동안 잘 축적해놓은 에너지가 가장 유용하게 발휘되고, 관계 형성에 대한 나의 노련미를 확인하는 순간이 사람과의 만남이다.

목소리가 크고 이야기를 많이 하고 많은 사람 앞에서 긴장하지 않는다고 그것이 어울림의 수준을 결정하는 건 아니다.

외향인이라고 모두 관계에 능숙하지는 않다. 어울림을 좋아한다고 모두와 갈등 없이 좋은 관계를 맺는 건 아니다. 내향인이라고 해서 타인이라면 항상 아연실색하는 것도 아니다. 어울림이란 학습과 같아서 효과를 극대화할 자신만의 방법이 필요한 영역이다.

사교성이 뛰어난 사람은 사람을 좋아하는 사람이 아닌, 어울리는 시간을 최고로 만드는 사람이다. 혼자가 두려워서 어울림을 선택하거나 어울리는 게 두려워서 무조건 회피해서는 안 된다.

진짜배기 내향인과 진짜배기 외향인은 적절하게 '함께'의 근육을 키우고 '혼자'의 내공을 쌓기 위해 노력한다. 진정으로 자신의 성향을 사랑하는 사람들은 내향성과 외향성 뒤에 숨지 않는다.

격리가 부여한 자유

몇 달간 일본에 가 살았다. 나는 이따금 철저히 혼자가 될 수 있는 장소로 훌쩍 떠난다. 익숙한 환경에서 마련한 혼자의 시간과 아는 이 한 명 없는 낯선 이국땅에서 보낸 혼자의 시간은 같은 홀로 보낸 시간이라도 훨씬 더 깊이 있고 튼튼한 고독의 기초 체력을 필요로 한다.

한 번도 가본 적 없는 생소한 곳에서 홀로 지내보면 격리감이 주는 자유와 해방감을 느낄 수 있다.

일본에 온 뒤 단절이 주는 궁극의 자유를 매일같이 경험하고 있다. 격리의 시간 동안 나 자신과 끊임없이 대화를 주고받는다. 고독은 창의력에 활력을 불어넣고

신중하게 사유할 힘을 주며, 깊이 있는 대화의 여지를
마련한다.

매일 홀로 낯선 이곳에서 더 낯선 나 자신으로 묵묵
히 지루하고도 황홀한 시간을 보낸다. 느릿느릿 흘러가
는 시간 속에 몸을 맡겨 유려하게 장류하는 시간을 객
인의 시선으로 바라본다.

아는 사람 하나 없는 곳에서 유일한 친구인 나 자신
과 또 유일하게 가진 두 다리와 체력으로 할 수 있는 일
을 한다. 땅을 밟고 공기를 맡고 도시 곳곳에 나의 냄새
와 흔적을 여기저기 남겨놓는다. 한 블록도 놓치지 않
고 야무지게 걸어다닌다.

혼자서도 외롭지 않은 이유는 이곳이 나의 긴장감을
매일같이 조이는 익숙치 않은 것들투성이인 외국이기
때문이다. 매일같이 놀라고 배우고 성장하느라 외롭고
싶어도 외로울 겨를이 없다. 고독도 여유가 있어야 누
릴 수 있다. 말도 어눌하고 귀도 잘 안 들리는 이방인인
내게 고독은 사치다.

하루는 서점, 하루는 길 건너 미술관, 주택가에 자리
한 생뚱맞은 신사, 동물원, 잡화상점, 공원… 시간을 쪼
개어 여기저기 기웃거리고 걸어본다. 낯선 도시와 거리

감을 좁히기 위해 자극적이지 않은 존재감으로 조심스럽게 그들의 생활 속으로 침투한다.

수첩 한 권, 펜 한 자루, 책 한 권으로도 몇 시간씩 혼자 잘 노는 인간인데, '언어'라는 해야 할 묵직한 일과가 하나 더 추가되니 만날 사람 한 명 없이도 충분히 빠듯한 생활이 된다. 읽고 싶은 일본어 소설책 한 권은 그날 하루를 동반하는 충실한 반려다. 하루를 소진해도 심심할 틈을 주지 않는 만만치않은 존재다.

아는 사람 하나 없는 일본에 오니 의도치않게 주어진 시간이 한 톨도 빠짐없이 내 것이 된다. 격리가 부여한 고독을 잡아 늘려 덩치를 키운다. 단절의 시간은 겪으면 겪을수록 맛이 좋다.

하루 정도 날 잡아 아무것도 하지 않고 흐르는 시간을 멀찍이 떨어져 물끄러미 바라보기도 하고, 밥알은 우물우물 백 번 씹어 녹여 먹고, 물 속을 걷듯 말과 행동에 저항력을 담아 생활의 속도를 늦춘다. 그래도 서운해 할 사람, 신경쓰이는 일정 하나 없으니 마음껏 시간을 부려도 되는 무언의 허락을 받은 셈이다. 고독을 넘어선 격리감이 주는 내적 평화는 자극으로부터 의식적 차단을 하며 누렸던 평온함과 질적으로 차이가 난

다. 물리적으로 연장된 시간만이 정신의 속도에 제동을
건다.

　미지근한 차 한 잔을 몇 시간 동안 나눠 마시고, 도
서관에 가면 책 한 권을 다 읽을 때까지 엉덩이를 떼지
않는다. 진득하게 공원 벤치에 앉아 자리를 지키며 비
릿한 강냄새를 배경으로 놓고 설렁설렁 시간을 보내기
도 한다. 이곳에서의 시간은 흐르지 않고 뭉그적거리며
시공간을 부유하는 내 곁에 멈춰 선다. 그동안 따라가
려고 용만 썼지 시간이 흐르는 모습을 관찰해본 적은
없었다.

　배영하듯 온 몸에 여유를 덕지덕지 붙이고 실룩실룩
웃으며 헤엄치니 느려진 내 속도만큼 시간도 미진하게
흘러간다.

우울할 때는 온몸으로 우울해한다

나는 우울감이 지배적인 성격이다. 애써 행복을 가장하지도, 긍정을 스스로에게 강요하지도 않는다. 웃을 일이 없으면 웃지 않고 웃음을 구걸하며 찾아다니지도 않는다. 일상의 대부분은 우울한 채 흘려보낸다. 나는 나의 우울을 사랑한다.

나는 긍정적인 사람도 아니다. 부정적인 편에 속해 모든 상황의 악수를 늘 고려한다. 표정도 무표정이다. 사람들은 웃지 않으면 내가 화난 줄 알지만 그래도 꿋꿋하게 무표정을 유지한다.

나는 긍정적인 것과 부정적인 것에 좋고 나쁨을 단정지을 수 없다고 생각한다. 가치관의 차이일 뿐이다.

긍정적으로 생각하는 사람과 마찬가지로 부정적인 생각을 가진 사람도 나름의 삶의 방식인 것이다.

평생을 미적지근한 감정의 온도를 지닌 채 살았다. 명랑하고 밝은 또래들과 달리 나의 기분은 항상 영상 12도 안팎이다. 온도는 완만하게 떨어질 뿐, 급격하게 상승하는 일은 거의 없다. 그러나 나는 삶을 비관하지 않는다. 우울할지언정 불행하지는 않다. 미지근하고 적당히 기력 없는 나의 내면은 날 선 나의 외적 예민함을 중화시켜주는 훌륭한 자가 면역 체계이기도 하다.

나는 내 감정 앞에서 그저 언제나 솔직할 뿐이다. 미지근하면 미지근한 대로 침울할 때는 온 몸으로 침울해한다. 그래서 늘 에너지가 넘친다. 나는 내 자신의 기분을 날것 그대로 인정하고 그 기분을 표현하며 존중한다. 절대 상대방에게 나의 기분을 강요하거나 역으로 강요당하는 일은 없다.

나쁜 기분이 아니라 수많은 기분 중 하나일 뿐

　일반적으로 우리는 안 좋은 기분에 대해서 부정적인 시각을 가지고 있다. 잊어버리려고 애쓴다든지, 안 좋은 기분을 좋게 만들려고 뭔가 대책을 세운다든지 부정적인 감정을 천덕꾸러기 취급한다.

　기분이 좋은 날이 있는가 하면 기분이 말도 못하게 엉망진창인 날도 있다. 좋은 기분, 안 좋은 기분 모두 존중 받아야 한다. 왜냐하면 형태에 상관없이 그 기분은 내 것이기 때문이다.

　우울함, 분노, 섭섭함, 부끄러움, 창피함, 질투는 나쁜 기분이 아니다. 수많은 기분 중 하나일 뿐이다. 우울할 때는 우울하게 있는다. 더 우울한 책과 눈물이 뚝뚝 흐르는 영화를 보고 추적추적 내리는 빗소리 같은 습도 높은 음악을 듣는다. 나의 무드를 우울의 최정상에 올려놓는다.

우울함을 옆에 앉혀놓는다

기분이 안 좋은 날이면 세상에서 제일 우울한 사람이 된다. 마음이 하고 싶은 대로 내버려둔다. 우울감이 깊어질 대로 깊어지면 눈물이 쉴 새 없이 쏟아지기도 하고, 심장을 누군가 바늘로 콕콕 쑤시는 것마냥 아프기도 하다. 주변이 온통 새카매질 정도로 어둠으로 뒤덮이기도 하고, 영영 밝은 곳으로 가고 싶지 않다는 생각도 든다.

그러다보면 어느 순간 다시 일어설 수 있겠다는 자신감이 든다. 주위가 조금씩 밝아진다. 불행할 때는 불행하고 우울할 때는 우울하고 불편하면 불편하다고 인정하니 스스로에 대한 안쓰러움으로 연민이 생겨난다.

예전에는 이 모든 것들이 싫었다. 우울하거나 부정적인 기분, 느낌, 생각은 모두 부정하고 싶어서 두들겨 패 없애려고 했다. 어떻게든 눈에서 보이지 않는 곳으로 감추고, 우울함을 표백제로 박박 씻어서 밝게 바꾸려고 했다. 그럴수록 점점 더 우울해졌고 걷잡을 수 없이 불행하다는 생각만 들었다.

질문하고 객관적으로 분석하다보면 어느새 나를 괴롭혔던 생각들이 조금씩 가벼워진다. 잊으려고 할수록 깊이 마음속에 뿌리 내렸는데, 막상 정면으로 바라보니 가볍게 허공으로 흩어진다.

나는 오늘도 울적하다. 왠지 모르겠다. 이유 없이 울적한 또 하루의 그냥 그런 날이다. 지금 글을 쓰면서도 마음이 계속 울적하다. 마음 깊은 곳은 이미 소리 내어 펑펑 울고 있지만 눈물 한 방울 나지 않을 만큼 나는 덤덤하게 모니터 앞에 앉아 글을 쓰고 있다.

그래도 우울함을 쫓아내지 않고 옆에 앉혀놓는다. 받아들이고 마주하고 뚫어져라 쳐다보고 더 귀를 기울인다. 우울할 때는 우울해도 괜찮다. 우울의 심해 속으로 빠져들다보면 나도 모르는 사이에 우울함이란 생각보다 싱겁디 싱거운 녀석이란 걸 알게 된다.

외로움을 맞이하는 방법

외로움이란 느끼는 사람이 받아들이기 나름인 감정
이다. 지극히 주관적인 외로움은 누가 느끼느냐에 따라
어떻게 받아들이느냐에 따라 그 부피와 농도도 제각각
이다. 나의 태도만 살짝 바꾼다면 얼마든지 때에 따라
즐길 수도 있다.

나는 외로움이 싫지 않다. 남들은 외로움을 경계하
고 두려워하지만 외로움은 그냥 곁에 두면 되는 거다.
부정적인 감정이 아니다. 배고프다, 춥다처럼 또 하나
의 상태일 뿐이다. 싸우고 이겨내야 할 존재가 아니다.
언제나 옆에 있게 마련인 그런 존재다.

외로움은 이해할 수도 정의 내릴 수도 없는 감정이

다. 슬픔은 눈물을 동반하며 마음 한구석을 저릿하게 하는 감정이다. 분노는 얼굴이 붉으락푸르락하고 심장 박동이 빨라지며 화가 치밀어오르는 충동을 만든다. 그러나 외로움은 기쁨, 슬픔과는 달라 정확히 어떤 감정인지 말로 표현할 수가 없다. 시간이 지나면 모든 감정이 다 그렇듯 수그러들고 사라지지만 외로움은 어쩐 일인지 시간이 쌓일수록 깊이와 농도가 더 진해진다. 그러나 견디는 나의 맷집도 함께 성장한다. 감당하는 무게는 언제나 버겁지 않을 정도만큼을 유지한다.

홀로 시간을 많이 보내지만 혼자라서 외롭다는 생각은 별로 안 든다. 이해받지 못할 때, 그 누구에게 어떤 말도 털어놓고 싶지 않을 때, 마음 한 구석이 썩어가지만 대화할 수 있는 사람이 한 명도 없을 때, 결국 혼자를 선택할 수밖에 없을 때, 그때 가장 외롭다. 그래서 사람 사이에 파묻혀 있을 때 더 극심하게 외로움을 느끼는지 모른다. 사람이 그리워서가 아닌, 채워지지 않는 공허함이 더 큰 원인이다.

외로움은 언제나 버겁다. 적응했다고 해도 언제 경험해도 쓸쓸함은 늘 새롭게 나를 덮쳐온다. 제아무리 익숙해졌다 한들 편해질 수는 없다. 문득 찾아오면 곁에 아무도 없다는 사실이 나를 힘들게 한다. 운동을 꾸준히 해서 근육을 열심히 키워도 여전히 힘에 부치는 이유는 강화된 내 체력과 근력만큼 중량도 매일 높아지고 있기 때문이다.

외롭다는 생각이 들면 나는 그 자리에 가만히 멈춰 서서 외로움을 맞이한다. 그러면 나름의 진한 향기가 풍겨온다. 싫지 않은 익숙한 향기다.

그렇게 외로움과 친해졌다. 외로움을 못 느끼는 게 아니라, 외롭다는 사실이 싫지 않아진 거다. 외로움은 '혼자' 라는 상황이 만드는 감정이 아니다. 내향적인 사람이라 외로움을 덜 느끼고 사교적이라서 더 느끼는 것도 아니다. 어차피 인간은 외롭고 고독하고 공허한 존재다. 사랑받아도 사랑해도 혼자여도 어울려도 언제 어디서 '외롭다' 고 느낄지 누구도 알 수 없다.

밤거리를 홀로 걷다 문득 외로울 수도 있고, 지하철 안 콩나물 시루처럼 빽빽한 인파 사이에서 느껴질 수도 있으며, 누군가를 기다리는 동안 불현듯 느낄 수도 있다.

외로움이 별안간 밀려오면 나는 가만히 조용히 곱씹

어본다. 매번 그 향도 맛도 다르다. 달기도 하고 쓰기도 하고, 맵기도 하고, 뜨거울 때도 있다. 달콤쌉싸름한 이 외로움의 존재가 가끔은 아이러니하게도 외로워하는 나자신을 위로한다.

외로움을 더는 떨쳐내려 하지도, 잊으려 애쓰지도 않는다. 거부하고 부정하고 경계해도 더 강하게 나를 짓눌렀던 감정을 담담하게 그 자리에서 맞이해보니 별 것 아닌 여린 존재였다. 우울이 그랬고 부정적인 감정이 그랬듯 덩치만 컸지 속은 가볍디 가볍고 연약했다.

모든 감정이 다 그렇듯, 외로움도 시간이 흐르면 흐릿해질 수밖에 없다. 찰나에 머물다 연기처럼 사라지는 게 외로움이다. 외로움이 다가올 때 나는 집으로 돌아가는 발길을 돌려 정처 없이 거리로 강으로 공원으로 길 위를 배회하기도 하고, 버스 정류장에 앉아 타야 할 버스를 몇 대씩 말없이 보낸 적도 많다. 외로움이 달려들면 하던 일을 모두 멈추고 그를 맞이할 알맞은 자세를 갖춘다. 걸음도 멈추고 생각도 멈추고 호흡마저 한 템포 느리게 내쉬며 일단 기다린다.

정신을 차려보면 어느새 그는 떠날 채비를 하고 있다. 오늘도 잘 놀다 간다고, 기다려줘서 고맙다고 한다.

그 잠깐을 못 내어주기에, 떠나지 못하고 곁을 맴돈다. 시간을 내주고 맞이할 자세를 갖추고 눈을 마주치면 순식간에 사라져버리는데, 그 찰나가 아까워 내주지 않는 사람들이 많다. 그렇게 외로움은 악명 높은 불청객이 되었나보다.

세상에 외로움을 느끼지 않는 사람은 없다. 외로움을 맞이하는 방법을 아는 사람도 없다. 나는 그 누구보다 더 지독하게 오랫동안 외로웠기에 어쩌면 더 열렬하게 외로움을 깊이 탐구했는지도 모른다. 그렇게 조금씩 알아간 외로움이란 존재는 참 가엾고 안쓰럽고 쓸쓸했다.

나 자신이 느끼는 것보다 외로움이라는 감정은 더 무거웠다. 외면하고 불청객 취급했던 지난날에 미안한 마음이다. 외로움이 오면 무언가를 하려고 하지 말고, 빈손으로 맞이해 시간만을 너그럽게 내어주면 된다. 언제 찾아와도 한결같이 그 감정을 천천히 곱씹어서 음미하면 된다. 외로움에 참 다양한 맛과 향이 녹아 있다는 사실도 알게 된다.

외로움은 여전히 익숙치 않다. 하지만 싫지도 않다. 미운 정, 고운 정 다 들어버려서 이제 많이 친해진 것 같다. 싫든 좋든 평생을 함께해야 한다면 이왕이면 친해지려고 마음먹은 것 같다.

고독 예찬

'자기만의 방'은 창조의 샘이자 지혜와 통찰의 요새다. 이곳에서는 어떤 자의 개입도 없어야 한다. 친구, 연인, 가족도 예외는 아니다. 버지니아 울프는 자기만의 방이 확보되지 않은 것이 19세기 여성 문학가들이 역량을 활발하게 펼칠 수 없었던 결정적 이유였다고 말한다.

가만히 앉아서 무의식의 숲속을 헤매는 시간은 깊이 있는 사유와 성장을 촉진한다. 살아 숨 쉬는 모든 생명체는 거리가 필요한 존재들이다.

고독하다는 사실이 내게 괴로움을 줬던 적은 없다. 오히려 고독은 나를 완전하게 채워주었고 도리어 고독을 찾아 나선 적이 더 많았다. 온전한 휴식의 공간은 홀로 고독의 심해를 깊이 헤엄칠 수 있는 시간이 허락된 곳이다.

긴 시간 부재한 고독은 분명 나를 메마르게 한다. 그만큼 관계는 소모적이다. 잦은 만남은 관계맺기로 얻을 수 있는 이점을 도리어 앗아간다. 자주 보지 않아야 대화의 샘이 마르지 않고 관계가 주는 양분을 온전히 누릴 수 있다.

매일같이 사람을 만난다는 것은 온전히 홀로 떠올려도 될 생각마저 사람을 통해 푸념하게 만든다. 주위에 사람이 많고 매일같이 누군가를 만나 대화하고 교류한다는 사실은 떠벌리고 다닐 만한 사건도, 기세등등해질 자랑 거리도 아니다.

쇼펜하우어는 평생 동안 독신으로 지내며 하고 싶은 일만 했다고 한다. 그는 아침 일곱 시에 일어나 커피 한 잔을 마시고 여덟 시부터 플라톤, 아리스토텔레스, 세네카, 셰익스피어, 괴테, 바이런 등의 작품을 읽는다. 점심 식사를 하기 전에 플루트를 연주하고 바깥에서 식사를 한 후 집으로 돌아와 두 시부터 다시 독서를 시작해 네 시면 애완견을 데리고 산책했다. 저녁에는 멀끔하게 정장을 잘 차려입고 연극이나 음악회 구경을 갔다가 레스토랑에서 저녁 식사를 한 후 밤 열 시에 잠자리에 들었다고 한다. 더 없이 우아한 삶이다. 30년 가까이 프랑크푸르트에서 홀로 고독한 삶을 살았지만 쇼펜하우어의 삶은 쓸쓸함과 궁핍함과는 거리가 멀다. 강직한 철학과 소신으로 하루 일과를 철저하게 지켜내며 지성인으로서의 면모를 삶으로 실천했다.

역사 속 위대한 사상가들은 대부분 홀로 많은 시간을 보냈다. 고독이 누적되면 예술성과 창조성이 탄력을 받는다. 자극으로부터 스스로를 노출하지 않기 때문에 처음 간직했던 창의성과 독창성을 상처내지 않고 지킬 수 있는 것이다.

사람들 틈바구니에서 느껴지는 내 모습이 때로는 어색하기 짝이 없을 때가 있다. 혼자의 시간 동안 나는 온전한 내 모습이다. 우연을 가장한 오차조차 허용하지 않는 벌거벗은 나의 진실이 드러나는 순간이다.

침묵과 명상에서 에너지를 끌어낼 수 있다면 주변 사람들과의 원활한 사귐은 물론, 혼자서도 충실하게 유쾌한 시간을 보낼 수 있다. 고독 속 아름다움을 창조할 수 있는 사람은 함께할 때도 원숙한 태도를 취한다.

외향성을 강요당한 어린 시절

10대 시절 나는 외국에서 영국계 국제학교를 다녔다. 처음 학교를 간 그날을 난 아직도 잊지 못한다. 영어를 한 마디도 못했던 나는 그들에게 철저한 이방인이었다. 다행히 처음 다녔던 학교는 동양계가 많은 곳이라, 언어에 대한 장벽을 제외하고 큰 무리는 없었다. 하지만 2년 뒤 전학 간 학교는 상황이 많이 달랐다. 이곳에서의 생활이 쉽지 않을 것이라 본능적으로 느꼈다. 그리고 12살부터 18살까지, 입시를 위해 한국으로 귀국하기 전까지 나는 본래의 성격과 타고난 성향이 어떤지를 외면한 채 서구식 교육 생태계에서 생존할 수 있는 최적화된 방식을 학습해야 했다.

나를 처음 본 사람들은 내가 밝고 외향적이고 누구와도 잘 어울린다고 이야기한다. 실제로 나는 주도적이고 추진력이 강하며 주관이 뚜렷한 편이다. 그러나 나는 결코 외향적이지 않다. 누구와도 잘 어울릴 수 있는 이유는 생존을 위해 후천적으로 노력했기 때문이다.

6년을, 그것도 성격을 한창 조각해나갈 사춘기 학창 시절에 나의 본성과 전혀 다른 성격을 요구하는 서구식 교육 환경에서 자라다보니, 나조차도 나의 성격을 알 수가 없어 혼란스러웠다. 전문적인 검사지조차 판별해내지 못할 정도로 나는 강하고 지독하게 나의 내향성을 부정했다.

지금은 기억이 가물가물하지만 외국으로 이민 가기 전, 초등학교를 다닐 적 어린 나는 있는 듯 없는 듯 30명 중 28번 같은 아이였다. 담임 선생님은 매달 생일인 아이들을 모아 생일파티를 해주셨다. 앞에 나와 소감을 한 마디씩 하라는 선생님의 말에 잔뜩 얼어서 한 마디도 못하고 얼굴만 새빨게져서 자리로 돌아온 기억이 잊히지 않는다.

친구들이 써준 편지를 읽어보면 이구동성으로 같은 어휘가 적혀 있다. '착하다', '조용하다' 라는 말이 수

식처럼 나를 따라다녔다. 어린 시절 나는 낯가림이 심하고 조용했다. 의사 표현도 잘 하지 않는 아이였다. 친구 집에 놀러가면 밥도 제대로 못 먹었다. 유치원에서는 도시락만 먹으면 체해서 토를 했다. 낯선 자리, 낯선 공간, 낯선 사람들을 온몸으로 거부했던 아이였다.

착하고 조용했던 어린 시절의 나를 아이들은 좋아해 주었다. 이야기를 잘 들어주고 친절하며 감성적인 나는 인기가 많았다. 말수 적고 생각 많고 신중한 내가 외향적인 사고 방식이 주류인 서양의 교육 환경에 가니, 자신감 없고 주관 없고 특징 없고 소심하고 표현력이 떨어지는 아이가 되었다. 사람들이 나를 좋아해줬던 이유가 이곳에 오니 고쳐야 할 결점이 되어버렸다. 내향적인 나의 성격은 나의 단점이 되었다.

한 반의 규모가 15명 정도로 작다보니 더욱더 목소리를 낼 수밖에 없는 암묵적 약속이 있었다. 내향적인 사람은 단 한 명도 없는 걸 전제로 한 듯한 수업은 내게 맞지 않았다. 대중 앞에서 연설해야 했고 조별로 프로젝트를 하고 토론으로 설득해야 했다. 어딜 가나 온통 자신에 대해 이야기하고 소개하고 자랑하며 홍보하고 꾸미고 알렸다.

나는 듣는 것이 항상 더 편했다. 아무 말 하지 않는 게 좋았다. 나를 굳이 나서서 설명하는 것보다 표현하지 않고 드러내는 것이 내 방식이었다. 그러나 그런 방식을 기다려주는 사람은 많지 않았다. 전학을 간 첫 날, 아이들의 질문 공세가 이어졌다. 낯선 환경에 심한 낯가림까지 더해져 나는 고개만 끄덕일 뿐 말을 활달하게 하지 못했다. 무미건조해진 대화에 아이들은 금세 흥미를 잃고 등을 돌렸다. 친구 사귀는 것이 쉽지 않았다. 먼저 다가가지 않으면 손을 내밀어주는 사람은 없었다.

반에 한국 여자아이는 나 혼자였다. 언어도 힘든 데다 아이들은 목소리도 크고 말도 많으니 더 힘들었다. 나는 말수가 점점 줄었고 학교 생활은 매일이 버팀의 연속이었다. 수업이 시작되면 아이들은 여기저기서 손을 들고 주장을 펼치기 위해 소리쳤다. 그 가운데서 나만 외딴 섬에 온 듯, 불편한 자리를 지키는 날이 늘어갔다. 그러다 문득 이대로는 영영 학교와 거리를 좁힐 수 없겠다는 생각이 들었다. 나는 살아남아야 했고 내가 놓인 환경은 외향성이 정답이었다. 외향성이 적자생존에서 명백한 승자였다.

손발이 부들부들 떨리면서도 아무렇지 않은 척 발표

를 했다. 수업 시간에 질문할 내용은 그 전날 목록까지 작성해와 적극적으로 손을 들었다. 친구하자고 먼저 손을 내밀고, 철면피가 되어 친해지자고 달려들었다. 뻔뻔함으로 무장하고 부딪히고 넘어지고 일어서기를 반복했다.

친구들과 잘 어울리기 위해 누구보다 노력했다. 우정이나 관계보다 영어 공부를 우선시했다. 영어를 못하니 우정이나 관계를 쌓을 기회조차 없었기 때문이다. 운동신경이 좋거나, 외국어를 잘하거나, 악기를 잘 다루거나, 연기를 잘하거나, 말을 재치 있게 하는 사람이 좋은 사람이고 특징 있는 사람, 친해지고 싶은 사람이었다.

그래서 물불 가리지 않고 영어, 중국어를 공부했고 필드하키부, 오케스트라에도 들어갔다. 모든 활동은 팀워크를 강조했고 사람과 부딪쳐야 했다. 처음부터 나와 맞지 않는, 나의 성향을 고려하지 않은 학습 방법을 억지로 입으려고 용을 쓰니 성과는 미미하고 효율은 떨어졌다. 그래도 무언가 잘하는 것을 만들기 위해 연습했고 주목받기 위해 더 노력했다. 주목받으면 친해지기 위해 다가오는 친구들이 많았고 그러면 학교 생활이 편하고 즐거워졌다.

학교 생활은 점점 쉬워졌다. 외향성에 대한 약간의 학습만으로 이렇게 사는 게 쉬워지다니… 씁쓸했지만 금세 그 편안함에 안주해버렸다. 주변에 친구가 하나둘씩 늘어갔고 사람 사귀는 일도 쉬워졌다. 영어가 모국어처럼 편해지고 활발하게 교내외 활동을 하며 흐르는 물에 씻겨 내려가듯 둥글둥글해졌다. 행복하거나 즐거운 게 아닌, 편하고 쉬워졌다.

잘한 선택이라고 생각했다. 아니 내게는 처음부터 선택 따윈 없었다. 해야 할 일을 했을 뿐이다. 나서기 싫어하고 말수도 적은 아이였지만 이제 낯선 사람에게 먼저 말을 붙이고, 엉뚱한 이야기로 수업 시간에 반 전체를 웃음바다로 만들었다. 부끄럼 많이 타는 친구에게 짓궂은 장난도 쳤다. 우스갯소리도 잘하고 어딜 가나 당당하게 말을 하게 된 나는 친구도 많아지고 선생님들과도 친해질 수 있었다.

학교 생활은 익숙해졌고 날 때부터 내 옷이었던 것마냥 편해졌다. 외향인의 기질을 조금씩 학습하면서 학교생활은 쉬워졌다. 어떨 땐 즐겁다고 느껴지기까지 했다. 돌이켜보면 즐겁다고 말하지 않으면 버틸 수 없었기에, 즐겁다고 믿고 싶었던 것이었다.

사람들은 가끔 어린 시절을 떠올리며 그 시절로 다시 돌아가고 싶다고 말한다. 나는 단 한 번도 그렇게 생각한 적이 없다. 지금이 너무 좋다. 돌고 돌아 안정을 찾고 마음의 평화를 얻은 지금이 더할 나위없이 좋다. 내 성격을 찾고 인정하고 다독여주고 칭찬하면서 나는 내가 더 좋아졌다. 어린 시절 나는 온통 자신을 부정하고 자책하며 달라져야 한다고 결심했다. 그립기는커녕 그 시절을 생각하면 저릿하게 아파온다.

한국에 돌아와서 고등학교와 대학교를 다니며 나는 7년을 연습했지만 그것조차 내 옷이 아니었음을 깨달았다. 7년이건 17년이건 타고난 기질은 변하지 않았다. 나는 여전히 대중 앞에 서는 게 힘들고, 익숙한 환경과 오래 알고 지낸 관계가 편했다. 자신을 드러내는 것이 어색하고, 여러 사람과 함께 어울리는 자리가 불편했다. 가족이든 10년 지기든 상대가 누구든 오래 만나면 에너지를 뺏겼고, 혼자 있는 시간 동안 기를 충전했다.

그 동안 살기 위해 버둥댔고 아파도 아픈 줄 모르고 살았는데, 상처는 곪아 썩어들어갔다. 그 상처는 성인이 되어서야 눈에 보였다.

지금도 사람들은 첫눈에 내가 내향적이라는 것을 파악하지 못한다. 그만큼 나의 낯가림은 티가 나지 않는다. 특별히 낯가림을 감추는 게 아니라, 이마저도 내가 가진 기질의 일부가 되었다. 내향적인 성격이 할 말을 눌러 담고 인내하는 것만은 아니다. 세상에는 실로 많고 다양한 내향인이 존재한다. 나는 낯선 사람과 말도 잘하고 나의 주관을 거침없이 뚜렷하게 표현한다. 수많은 청중 앞에서 떨지 않고 당차게 발표도 하고, 사람들과 어울릴 때는 대화를 주도하기도 한다. 잘 모르는 사람들 사이에 둘러싸여도 하하호호 편하게 대화하고 교류한다. 다만 모든 일이 끝나고 내가 돌아가 쉴 곳은 아무도 없는 나만의 공간이어야 한다. 사람과 함께 하는 시간, 낯선 사람이 여럿 있는 공간은 여전히 긴장되고 경계심이 들며 두렵고 초조하다. 달래고 연습하여 순간에 최선을 다해 어울릴 뿐이다.

어울리고 싶지 않은 자리, 나를 불편하게 하는 만남은 더 이상 가지지 않는다. 적극적으로 피하고 거절한다. 아낌없이 혼자만의 시간을 갖고, 힘들면 쉬어 간다. 그게 나를 지키는 나만의 방식이다.

나는 더 이상 외향적 기질을 부러워하지 않는다. 그

것들을 학습하려고 발버둥치지도 않는다. 부정하고 꾸짖었던 과거와 달리 내향적이고 혼자를 좋아하고 긍정적이지 않고 예민하며 까칠한 나를 좋아하기 시작했다. 이대로도 괜찮다고 말하자 사는 게 너무너무 편해졌다.

　이 세계에서 내향인으로서 더욱더 당당하게 살아갈 것이다.

내향성 죽이기

서양은 분명 동양과 비교했을 때 사고 체계가 본질적으로 외향적이다. 자기 표현이 중요하고 언제 어디서든 토론과 논쟁, 발표가 생활화되어 있다. 교실을 벗어난 과목이 더 많고, 활발한 교외 활동을 한 학생에게 높은 성적을 준다. 내향적이고 정적인 성격을 가진 사람은 설 곳이 많지 않은 생태계다.

주목받지 않으면 도태될 수밖에 없는 곳에서 나는 거침없이 주장하고 표현하는 법을 익혔다. 벼랑 끝에서 밀려나지 않기 위해 아등바등 나를 홍보하며 살아야 했다.

그러다 한국으로 돌아왔다. 외향적 기질을 온 몸에

두른 탓에 주목받고 표현하고, 설득하고 비판하는 것에 온통 길들여진 상태로 고요한 한국의 교실로 돌아왔다. 한국에 오니 친구들은 내 목소리가 너무 크다고 했다. 나의 직설적이고 강한 어투에 상처받았다고 토로했다. 주장이 너무 강해서 다가가기 힘들고 말 붙이기가 무섭다고, 친해지기 힘든 성격이라고 말했다.

내향적인 본질을 무시한 채 표면적인 외향적 기질만을 뒤쫓기 바빴던 나는 그렇게 사람들에게 상처만 주는, 이도 저도 아닌 성격이 되어 있었다. 나는 국제학교를 다니며 익혀온 나의 습성을 원망했다.

서구의 교육 방식이 이상적이라고 누가 말했는가. 계급 사회에 기반한 철저한 능력주의, 그것이 서구식 교육 방식이다. 다르고 독특하면 매도하고 고립시키는 것이 한국의 방식이라면, 비슷하고 특징이 없으면 재능 없다고 무시하는 것이 서구의 방식이다. 내향적인 성격은 소수 집단이다. 극히 적은 내향인들을 위한 배려는 없다. 책을 좋아하고 글을 쓰고 혼자 조용히 생각하는 아이들은 너드(nerd; 괴짜, 찌질이)가 될 뿐이다.

동양은 다름을 틀림으로 규정한다고 비난받지만, 서양은 다름을 우상 숭배한다. 이는 다름을 인정하지 않는 것만큼 폭력적이다. 개성 강하고 목소리 크고 자기 주장이 강해야 유능한 사람이라는 강박이 학교 생활 내내 나를 괴롭혔다. 말 없고 홀로 생각하기 좋아하는 사람들이 가진 강점은 쉽게 주목받지 못했다. 외면 받지 않고 무시당하지 않으려면 위협적인 무기가 있어야 했다. 눈에 드러나는 장기가 있어야 했다.

어릴 적 나는 배려하고 공감하고 아픔을 어루만져주는 사람이었다. 남의 말에 귀 기울이고 신중하게 기다려주는 사람이었다. 하지만 영어에 '착하다' 라는 말은 없다. '착함' 은 능력도 칭찬도 될 수 없다. 착했던 나는 '없는 사람' 이었다. 그래서 착함을 지우고 능력과 재능을 택했고, 경청을 없애고 자기 주장을 선택했다. 내향성을 부정하고 외향성을 덕지덕지 붙였다. 경청과 자기 주장을 동시에 하는 것은 쉽지 않았다. 외향적인 사람들이라고 다 자기 말만 하는 것은 아니다. 경청하고 존중하는 사람도 많다. 그러나 외향인의 전형적인 기질을 닮기 위해 나는 보다 극단적인 선택을 해야 했다. 어린 내게 점진적으로 성격을 바꿔갈 여유는 없었다. 배려하면서 동시에 확고한 의사 표현을 하는 것은 너무 어려웠다.

기질적으로 외향인과 내향인은 모든 면에서 다르다. 상황을 대하는 태도, 문제를 해결하는 방법, 학습법, 인간 관계에 접근하는 방법도 다르다. 정해진 학습법, 문제 해결법은 없다는 걸 성인이 되어서야 비로소 알았다. 사람마다 효율이 극대화되는 방법은 모두 다르다. 무작정 질문하고 토론하고 논쟁한다고 훌륭한 교육이 아니다. 책을 읽고 조용히 사유하며 지식을 흡수하는 사람은 자신에게 최적화된 공부법을 따라야 한다.

질문하지 않는 교실은 답이 없다고 한다. 오바마 대통령이 G20정상회담을 맞아 한국에 왔을 때 우리나라 기자들에게 질문을 요구했다. 개최국인 우리나라에 심심한 감사의 말과 함께 질문의 기회를 선물한다고 했다. 한국 기자들은 아무도 질문하지 않았고 보다 못한 중국 출신 기자가 끼어들었다. 한 다큐멘터리는 이 장면을 전면으로 내세워 질문하지 않는 한국 교육을 지적했다. 오바마 대통령의 당황한 표정과 어색하게 감도는 정적을 화면에 가득 담으며 질문하지 않는 우리나라의 교육을 꼬집었다. 나는 이 장면이 상당히 불쾌했고 수치스러웠다. 질문을 하지 않는 많은 사람들의 다양한 의도와 개성은 무시한 채 오직 '질문'에만 목을 맨다.

다큐멘터리의 취지와 관계없이 내가 불편함을 느낀 이유는 '질문' 자체에 거부감이 있어서가 아니다.

질문을 못하는 환경은 문제가 있지만, 질문을 하고 싶지 않은 사람도 그 나름대로 존중받아야 마땅하다는 거다. 주변을 의식해 눈치를 보며 질문을 못하는 일이 있어서도 안 되지만, 질문을 해야 한다는 압박에 스트레스를 느껴서도 안 된다. 질문을 강요하는 것 또한 질문하고 싶지 않은 사람에게는 폭력이자 차별이 될 수도 있다. 의견을 교환하고 다수가 동의하는 현명한 답을 찾는데 분명 상호 작용은 도움이 된다. 그러나 질문의 과정을 통해 정답을 구하는 사람이 있듯, 반대편에는 곰곰이 홀로 생각하며 가만히 스스로 정답을 찾아내는 사람도 있다.

주입식 교육은 비판하면서 서양식 교육 방식을 억지로 끼워 맞추려는 주입식 태도는 왜 방조하는가. 서구식 교육 방식을 맹목적으로 쫓으면 빌 게이츠, 스티브 잡스, 조앤 롤링이 나올까. 학생의 기질과 성향은 외면한 채 우선적으로 서구식 교육 모델부터 주입하며 위인을 기대하는 발상은 어리석기 짝이 없다.

기업 업무 환경에서도 오픈 스페이스를 앞세워 사무

실 칸막이를 없애거나 수직적 상하 관계를 완화한다며 개인 사무실을 지양하는 추세다. 왔다갔다 이동하는 동료들의 발소리, 오며 가며 건네는 잡담 소리, 회의실에서 스며나오는 각종 잡음…. 자극을 처리하는 데 많은 에너지와 시간을 쓰는 내향인들은 이 모든 것이 스트레스다. 자극이 최소화된 공간이야말로 내향인들이 자유롭게 사고하고 창조하고 몰입할 수 있는 환경인데 말이다.

한국에서 학교를 다닐 적 교실 책상은 열로 배치되어 있었다. 조용한 교실에서 얼마든지 골똘히 생각에 잠길 수 있는 환경이었다. 서양은 다르다. 교실 규모가 작아 주목이 불가피하고 책상은 동그랗게 배치해 서로를 마주보게 한다. 끊임없이 상호 교류를 독려한다. 대화와 의견을 주고받고 질문과 공유에 대한 압박을 가한다.

나 또한 과거에 질문하지 않는 스스로를 비난했다. 토론과 논쟁에 취약한 자신을 꾸짖고 개선하려고 노력했다. 하지만 토론을 통해 학업 성취도를 높이는 사람도 있지만, 토론의 학업적 성과가 매우 약한 사람도 있다. 발표가 학습에 아무런 기여도 하지 않는 사람 또한 분명 있다.

자신만의 정답을 찾아야 한다. 타인의 방식을 스스로에게 강요하는 것만큼 자신의 재능을 망치는 건 없다. 사회적으로는 폭력이고 개인적으로는 재능 낭비다.

서양의 기준을 정답이라 여겨 그들의 기준에 따라 공부했으나, 무엇을 배우든 공부는 괴로웠다. 공부가 즐거움인 지금은 상상할 수 없을 만큼 지독하게 배움을 싫어했다. 내게 맞는 학습법을 찾아 실천하면서 배움에 대한 열정은 커졌고 공부가 점점 좋아졌다. 무엇보다 학습이 뚜렷한 성과로 이어졌다. 가시적인 결과물의 성취도 또한 질부터 달랐다. 배우는 속도, 지식의 양, 사유의 깊이, 모두 압도적으로 우수했다.

내가 의욕 넘치게 학문에 애착을 가지게 된 이유는 공부하는 시간이 즐거워졌기 때문이다. 나는 같은 책을 수차례 반복해서 읽고 듣고 필사한다. 또 곱씹어 읽고, 신중하게 사유하고 생각을 정리해 글로 쓰면서 어느 때보다 많이 배우고 성장했으며 성취했다. 내게는 논쟁보다 독립적 사유 방식이 더 어울리는 학습법이었다. 스펀지처럼 모든 지식을 놀라운 속도로 흡수했고, 성장을 발판으로 공부는 즐거움이 되었다.

남다른 패션 스타일을 지니고 독특한 식습관이 있는 사람처럼 사람들은 제각기 다른 방식으로 지식을 습득하고 학업적 성과를 이룬다. 세상을 살아가는 방식에 정답이 없듯, 학습법도 저마다 다르다. 결과로 증명하면 되고, 성과로 승부하면 된다. 서양의 방식을 쫓기보다, 우리에게 최적화된 우리만의 방식을 찾아야 한다. 그리고 그 방식을 우직하게 갈고 닦아야 할 것이다.

되찾은 나의 자리

내가 나의 내향성을 서서히 인정하기 시작한 것은 대학교에 진학한 뒤부터였다. 어느 순간 모든 게 버거워졌다. 사람을 만나면 만날수록 즐거움이 아닌 피로감이 쌓였고 신경질적이고 까칠하게 가시가 돋아났다.

이유를 몰랐다. 처음에는 어울리는 사람들이 나와 맞지 않기 때문이라 생각했다. 아니면 내게 문제가 있거나. 생각을 고치고 태도를 달리하면 변할까, 더 많은 사람을 더 즐겁게 적극적으로 만나려고 했다.

그 시절 내 인생에 나는 없었다. 온통 맞추고 신경 쓰고 의식하며 살았다. 내 삶이었지만 주체는 내 자리에 없었다. A를 만나면 A가 되었고 B를 만나면 B를 즐겁게 해주려고 맞췄다.

연애도 별반 다르지 않았다. 누군가 나를 좋다고 하면 일단 만났다. 그리고 그가 좋아하는 모습이 되려고 나를 포장하고 둘러대고 꾸몄다. 약점이나 치부는 물론이고 속마음을 솔직하게 드러낸 적도 없다. 연애를 하지 않은 때가 없을 정도로, 만남의 기회가 생기면 나는 마다하지 않고 잡고 이어 붙이려고 발악했다.

남자친구뿐만 아니라 항상 사람에게 둘러싸여 있고 카카오톡은 매일같이 쉴 새 없이 울려대는데도 너무너무 외로웠다. 외롭고 허탈하고 불안했다.

열심히 달렸지만 정작 왜 달리는지, 무엇을 위해 달리는지도 모른 채 그냥 달리기만 했다. 무작정 열심히 살면 길이 보일 줄 알았지만 점점 '나'를 잃어갔다.

그때 조금씩 알게 되었다. 자꾸 채우려고만 했던 게 문제가 되었던 것이다. 문제가 생기면 어떻게든 더해 가득가득 해내려고 했던 내 마음이 나를 병들게 했다. 내게 필요한 것은 멈추고 쉬어가는 여백이었다.

서서히 만남을 정리했다. 연락을 유지하기 위해 붙들고 있던 휴대폰도 내려놓고, 남자친구와도 헤어졌다. 썩은 동아줄같이 간신히 매달려 있던 인간 관계와도 이

별했다.

혼자와의 시간이 많아졌다. 때마침 부모님은 해외근무를 나가셨고, 오빠는 자취를 하기 위해 독립을 했다. 혼자의 시간이 늘어갈수록, 이 시간이 본래 내 것이었던 것마냥 너무나 좋았다. 혼자의 시간은 진정으로 그어떤 때보다 치유를 선사했다. 즐겁고 행복하고 충만하게 나를 위로했고 나의 정신을 치유했다.

처음에는 지난날이 그리워지지 않을까 걱정했다. 실제로 얼마간은 적응하기 어려웠지만 결코 외롭거나 예전이 그립진 않았다. 단지 적응에 필요한 시간이었다.

오랜 여행 끝에 비로소 나의 자리에 돌아온 기분이었고, 긴 여행으로 쌓인 여독이 개끗이 풀어지는 듯했다.

그렇게 8년 간 부정했던 나의 내향성을 조금씩 찾아갔다. 남들에게 보여지고 싶은 모습이 아닌, 내가 행복한 나의 모습을 하나씩 되찾았다. 어린 시절 말 없고 낯가리고 혼자 있기 좋아하던 11살 그 성격의 원형으로 돌아갔다.

자주 만나고 더 열심히 가까이하면 나아질까 믿었지만 이는 관계를 더욱 악화시키고 사람에 대한 부정적인 생각만 키웠다. 숨이 차도 달리기만 했던 나는 운동장 한 바퀴도 뛰기 힘들었지만, 중간 중간 지치면 쉬고, 또 숨을 고르기 시작하면서 마라톤을 완주할 수 있게 되었다. 지독하게 혼자가 되고 사람과 세상과 거리를 두면 둘수록 사람이 점점 더 좋아졌고 세상이 점점 더 아름다워졌다.

지금은 누구를 만나도 너무 즐겁다. 어떤 만남도 최고의 긍정, 최상의 컨디션으로 대면할 수 있다. 나는 언제나 힘이 넘친다. 이 즐거운 시간 뒤에 나를 기다리는 혼자의 시간은 내게 더 힘을 준다.

사람과 가까워지기 위해 내게 필요했던 건 함께하려는 시도가 아닌 사람과 함께한 만큼 혼자 보내는 시간이었다. 그것이 스스로에 대한 존중이자 인간 관계를 원만히 하는 법이었다. 내 성격을 인정하자 내가 가진 장점이 구석구석까지 빛을 발했다. 진심이 묻어나왔고 꾸밈없이 웃고 즐기고 다음 만남을 기다리게 되었다.

내향적인 사람은 인간 관계를 많이 힘들어한다. 그 이유는 잘 어울리려는 강박이 외향적인 사람이 되어야 한다는 잘못된 생각으로 흘러가서다. 내향적인 성향 그 자체로 잘 어울리는 법을 배워야 한다. 자신이 가진 재능으로 인간 관계를 풀어가야 한다. 잦은 만남이나 다수의 만남에 대한 도전, 호응 좋은 재미난 사람이 되는 것 등은 아니다.

내게는 유머 감각이나 화려한 언변, 붙임성 등은 없지만, 긴 이야기도 우직하게 들어주는 귀, 진솔함을 담은 가치 있는 대화를 이끌어가는 깊이, 아픔을 위로해 줄 공감하는 마음, 긍정적인 기운, 힘을 채워주는 따뜻함이 있다. 사람들은 나를 좋아해줬다. 있는 그대로의 모습도 참 좋다고 해줬다. 나는 나를 위해 좋은 사람이 되어야겠다고 결심했다. 사랑하는 나 자신을 위해 더 건강한 마음, 건강한 신체를 가져야겠다고 생각했다. 나를 위해 애썼던 시간은 타인에게도 전해졌다. 나와 있으면 사람들은 마음이 편안해진다고 말한다. 왜 그런지 나는 잘 모르겠다. 하지만 한 가지 확실한 건 나도 마음이 편하다는 거다. 내 마음이 편하니까 상대도 그 편한 내 마음을 느꼈던 걸까.

인간 관계는 정말 즐겁다. 새로운 사람과의 만남도, 친한 사람과 더 돈독해지는 시간도, 몰랐던 친구의 새 모습을 알아가는 것도, 모두 참 즐겁다.

마음 테라피

자극에 유연하지 못한 나는 내 안의 내향성을 인지한 이후로 내면 강화를 위해 힘을 쏟고 있다. 그중 최근 많은 시간을 할애하는 활동이 '명상'이다. 명상은 머릿속 잡음을 소거해준다. 말과 행동에 제동이 걸리면 늘 부산스럽던 생각의 회로도 일시 제동이 걸린다.

하루 5분, 10분 잠깐이지만 생각 많고 예민한 내 정신에 분명 도움이 된다. 명상으로 생각의 소음도를 몇 데시벨이나 낮췄다.

명상을 하는 동안은 조명을 어둡게 하고 궁극의 정적 속으로 걸어들어간다. 편안함을 느끼고 차분해질 수 있는 조용한 공간에서 오직 호흡에만 집중한다. 조용해진 공간과 편안해진 육체 덕분에 생각의 스위치를 하나씩 소등할 수 있다. 몸에 남아 있는 긴장을 들이마신 숨과 함께 모조리 털어낸다. 코와 입이 아닌 가슴과 복부로 호흡하며 잡념, 긴장, 불안도 뱉어낸다. 명상은 무의식의 다리를 건너 깊이 잠든 자아와 의식을 꺼내는 시간이다.

가볍게 시작하는 5분, 10분의 명상은 큰 훈련 없이도 지금 당장 누구든 시작할 수 있다. 단언컨데 명상이 습관으로 자리잡은 사람은 그렇지 않은 사람과 삶의 난제를 마주하는 태도가 다르다.

글쓰기, 얽힌 실타래를 푸는 시간

대부분의 고민과 나를 괴롭히는 잡념은 형태가 없다. 이 형태 없는 감정은 나를 압도한다. 무엇이 어떻게 왜 나를 묵직하게 짓누르는지 질문하고 답하는 과정에서 해묵은 감정이 해소된다. 몇 년째 나는 글을 쓰며 이 묵직한 마음의 찌꺼기를 분리 배출해오고 있다.

글은 막연한 감정과 상념들을 구체화한다. 구체화된 형태는 또렷하게 보고 잡을 수 있다. 보이고 잡히면 태워서 없앨 수 있다.

나는 손바닥만한 몰스킨 수첩을 몇 년째 사용하고 있는데, 언제 어디를 가든 늘 몸에 지니고 다닌다. 아이디어를 기록하거나 해야 할 일을 확인하는 용도로도 쓰지만, 무엇보다 주된 역할은 감정 청소다. 이리저리 정처 없이 떠도는 흐트러진 생각을 차분하게 노트에 써내려가다보면 무엇을 남기고 무엇을 버려야 할지 명료해진다.

외향적인 사람들은 사람과의 만남으로 해묵은 감정을 해소하지만 내향적인 사람들은 타자 관계로 해소될 수 없는 여러 가지 형태의 감정 잔여물이 많다. 사람에게 털어놓는 내 모습보다 언제나 글로 풀어낸 내 모습이 나를 더 닮았다. 입으로 떠드는 내 자신은 괴리감이 있지만 글로 쓴 내 자신은 깊이 자리한 내 본심과 정확하게 일치한다. 조용히 글을 써내려가는 동안 나는 내면 깊숙한 곳에 자리한 또 다른 자아와 조우하게 된다.

영국의 작가 그레이엄 그린은 "글쓰기가 치료의 한 형태와 같다"고 말했다. 반드시 글의 형태가 아니어도 내재된 자신의 감정을 분출할 수 있는 창의적 창구는 누구에게나 유용하다.

사우나

탕 속에 몸을 담그고 있는 것은 호스에서 나오는 물을 정수리에 들이붓는 샤워와는 차원이 다르다. 샤워가 몸을 씻기 위한 목적 의식이 강한 행위라면 목욕과 사우나는 정신을 맑게 하는 수련이다.

비누로 간단하게 몸을 씻어내고 사우나실에 들어가 가부좌 자세를 하고 눈을 감고 있으면 수만 가지 번뇌가 씻겨내려간다. 우주의 평화가 느껴진다. 부처님이 보리수나무 아래에서 7일 만에 득도하셨다고 하는데, 잠깐이지만 부처가 된 것 같은 기분도 든다.

열기와 증기로 가득 찬 방에서 뚝뚝 떨어지는 땀방울과 나 자신만 존재하는 이 공간, 그 어떤 외부의 자극도 아주 작은 것이 되어버린다.

사람이 많은 시간은 피하고 찜질방에서 판매하는 계란, 식혜, 냉커피도 사양한다. 집약된 영혼과 정신력이 가득 찬 온전한 이곳 수련의 장은 열이 오른 내 육체와 눈을 감고 고요해진 정신만을 허락한다.

반가좌 자세로 눈을 감고 냉탕에서 식힌 수건을 머리 위에 올리면 후끈한 열기도 오래 버틸 수 있다. 온 몸이 열기로 가득하고 심장은 고요하게 그러나 일정한 속도로 빠르게 뛴다. 목욕탕 내부 특유의 수증기 냄새와 비누향이 뒤섞여 오묘한 공기를 만든다.

심신 건강에 좋은 아로마 오일로 마무리하면 빠른 심장 박동이 조금씩 정상 궤도로 돌아온다. 한 곳에 모여 있던 생각의 모서리들이 조금씩 둥글둥글 펴진다.

내게 사우나는 일종의 환상 체험과 같다. 사우나를 마치고 정돈된 몸과 마음으로 밖에 나오면 무엇이든 더 또렷하게 성숙한 매너로 대할 수 있다. 물론, 과학적 근거는 없다.

이 글을 쓰다보니, 사우나의 수증기 향이 나는 것 같다. 내일은 아침 일찍 사우나를 가야겠다.

불빛이 결여된 공간

　나는 불빛이 결여된 공간을 좋아한다. 비 오는 날을 유독 좋아하는 이유도 흐린 날씨가 한몫했을 것이다.

　집에서는 항상 노란색 희미한 불빛만 켜둔다. 집은 오직 휴식의 기능만 한다. 내게 양질의 휴식이란 적당한 어둠이 동반되어야 한다.

　휴식의 공간에서는 책을 읽거나 다큐멘터리를 보거나 세상에서 가장 편한 자세로 멍하니 앉아 몸에 힘을 쭉 빼고 긴장을 완화한다. 머리를 과하게 쓰거나 집중이 필요한 일은 잘 하지 않기 때문에 굳이 시야를 뒤덮는 백색 형광등이 필요하지 않다.

　집은 집다운 아늑함이 있어야 하는데 늘 환한 조명

을 곁에 두면 좀처럼 눈도 몸도 지친 상태가 지속돼 쉴 수가 없다.

밝은 조명이 있다고 업무의 효율이 높아지거나 집중력이 좋아지는 것은 아니다. 오히려 시력에는 더 안 좋다. 백색 형광등은 사실 필요 이상으로 밝아 눈에 깊은 피로감을 준다.

나는 주변 사물이 적당히 보일 정도로만 밝은 백열등을 쓴다. 낮에는 창문으로 햇빛이 충분히 방을 환하게 비추고 밤에는 어차피 노란 전구를 사용하는 램프만 쓰기 때문에 사실상 형광등 스위치를 켤 일은 별로 없다.

불빛이 결여된 공간이 내게는 진정한 휴식의 조건이다. 소리와 빛이 없는 공간에 들어와야 나는 집에 돌아왔구나라고 느낀다. 하루 종일 빛과 소리에 둘러싸여 사람 냄새를 맡으며 다닌다. 그래서 집에 돌아오면 이 모든 것으로부터 스스로를 털어내고 싶다.

백열등은 안정감이 있고 따스함이 있다. 수면의 질도 향상시킨다. 적당한 빛과 어둠이 숙면에 큰 도움이 된다.

평소 화장실을 사용할 때도 거의 불을 켜지 않는다.

낮에는 창문으로 빛이 충분히 들어온다. 어둠에 익숙해지면 시각이 더 개운해진다. 전혀 불편하지 않다. 오히려 물건이 더 또렷하게 보인다. 사소한 먼지나 세밀한 잡동사니가 눈에 들어오지 않아 정신적으로 더 자유롭다.

해야 할 일이 많지 않아도 물리적으로 시각적으로 할 일을 늘 곁에 두고 산다면 스트레스가 누적된다. 어둠은 그 스트레스에 블라인드를 쳐준다. 어둡다보면 시각 외의 감각이 예민해져 촉각과 후각에 의존하게 된다. 익숙한 행동들은 눈을 감고도 할 수 있다. 그만큼 습관처럼 몸에 익어서 보이지 않아도 문제 되지 않는다. 머리를 감고 세수를 하고 스트레칭을 하는 일은 매일 하기 때문에 희미한 불마저 있으나 마나다.

돌이켜 생각해보자. 우리는 빛이 결여된 시간을 얼마나 누리고 사는가. 한밤중에도 늘 백색 형광등을 밝게 켜놓고 살지 않는가. 업무의 강도와 빛의 밝기가 비례하지는 않는가. 밤이 유독 긴 이유는 낮밤 구분이 없기 때문 아닐까.

나는 대자연에 충실한 삶을 살고 싶다. 여름은 여름답게, 겨울은 겨울답게 낮은 낮답게, 밤은 밤답게. 해가

뜨면 일을 하고 해가 지면 휴식을 한다. 신체의 리듬이
가장 건강하게 반응하는 자연의 속도에 순응하며 살고
싶다.

어둠과 흐림

비, 눈, 어둠, 달빛, 안개가 좋다. 날씨가 흐릴수록 왠지 기분이 들뜬다. 어둠과 흐림이 나를 보호해주고 안아준달까.

2월의 끝자락, 날씨가 풀리고 곧 봄이 올 것 같았던 어느 날 느닷없이 눈이 내렸다. 그것도 선명하고 새하얀 눈이 펑펑 쏟아졌다. 날씨도 내리는 눈과 함께 꽁꽁 얼어붙었다.

학교 도서관이 문을 열기도 전에 나는 집을 나서 도서관으로 향했다. 그런 날이었다. 집에 있기가 지독히도 싫은 날. 그렇지만 딱히 가고 싶은 곳도 갈 만한 곳도 없어서 결국 마음이 이끄는 곳으로 발걸음을 내딛다보니 역시나 마음이 가장 편한 도서관으로 가게 됐다.

무인반납기가 있는 지하 열람실에 들러 책을 반납하고 문을 여는데 눈이 펑펑 내렸다. 지독히도 아름다운 눈이다. 입김을 호- 하고 불자 새하얀 서리 같은 눈과 하얀 김이 어우러져 온 세상이 뿌옇게 물든다. 마치 수증기로 가득 찬 사우나 안처럼.

아이러니하게도 온도가 영하에 가까운 추운 날씨지만 나는 이런 날을 포근하다라고 표현하고 싶다. 정말 포근하다. 나를 감싸 안아 보호해주는 포근함이다.

영화 '안경'

간간히 생각날 때면 꺼내보며 그때마다 잔잔하게 늘 위로받는 고마운 영화가 있다. 영화 취향을 논하는 글을 쓰면, 댓글에 소위 말하는 재미없는 장르를 좋아한다며 커밍아웃을 하는 동지들이 속속 등장한다.

그렇다. 소위 말하는 '재미없는 쪽'이 내게는 가장 흥미진진한 장르다. 평소에도 자극을 피해 순한 맛만 찾아다니다보니 영화 취향도 성향을 따라가나보다. 음식, 조명, 옷, 책을 비롯해 내가 매력을 느끼며 추종하는 영화들도 대중적인 인기몰이를 하는 장르는 아니다.

할리우드 블록버스터, 손에 땀을 쥐는 스릴러보다 나를 더 설레게 하는 영화 '안경'을 소개한다.

도심 생활에 권태를 느낄 때면 어김없이 외진 시골로 발길을 돌리듯, 사람과 일상에 지치면 나는 늘 영화 '안경'을 찾는다.

안경에는 진지한 표정으로 다소 우스꽝스러운 체조를 하는 장면이 나온다. 동작은 금방 따라할 수 있을 만큼 간단하고 단조롭지만 임하는 사람들은 한없이 엄숙하다. 함께 흘러나오는 경쾌하고 발랄한 음악은 엄숙한 태도와 상반되지만 또 그 조합이 묘하게 잘 어우러진다. 내가 〈안경〉에서 가장 좋아하는 장면이다.

이 영화는 무자극 무소음의 청정 지대다. 소음으로부터 얼룩진 눈과 귀를 정화하고, 숨가쁜 일과에 동난 육신과 심신을 치유한다. 밍밍한 맛이지만 시간이 지나면 그리워지는 그런 맛이다.

좋아하는 영화가 모두 그렇듯, 이 영화도 족히 열네 번은 봤다. 대사도 없고 기승전결도 뚜렷하지 않고, 고정된 장소와 단조로운 시점을 유지한다. 그럼에도 꽤 집중력을 발휘해야 한다. 그만큼 장면 하나하나 놓치지 않고 꼼꼼하게 아껴서 보고 싶은 영화다. 명쾌한 설명 한 번 없지만 나는 영화를 보는 내내 전혀 답답하지 않았다. 궁금함을 궁금함 그대로 간직할 수 있어 좋았다.

안경이란 제목도 참 잘 어울린다. 등장 인물 모두 안경을 쓰고 있어서 안경일 수도 있고, 감독이 적당한 제목을 찾다 아무렇게나 붙여서 안경이 된 걸지도 모르겠다. 장면과 대사, 인물의 행동마다 큰 의미를 부여하지 않아야 더 진하고 깊은 맛이 우러나온다.

이 영화를 막 보기 시작할 때의 나는 주인공 타에코만큼이나 지쳐 있었다. 휴대 전화가 터지지 않는 곳으로 도망치고 싶고, 함께하자는 타인의 권유가 성가시게만 들렸다. 영화를 보고 있자면 그렇게 나도 어느새 하마다 민박의 빈 방 어딘가에 묵고 있는 손님이 되어간다.

손님이 되어 타에코처럼, 타에코와 함께, 사쿠라 씨의 빙수를 먹고 메르시 체조를 따라한다. 질질 끌고 다니던 짐짝을 벗어던지고, 쓰고 있던 안경을 바람에 날려버린다. 머리카락이 쭈뼛 설 만큼 시큼한 매실장아찌를 먹으며, 조금씩 잊고 치유하고 회복한다.

하마다 민박에는 권유는 있지만 강요는 없다. "괜찮습니다." 말 한 마디면 두 번 묻지 않는다. 그러나 다음 날이면 또 어김없이 같은 권유를 한다. 영화가 끝나갈 즈음 나는 거절보다 승낙을 조금씩 더 하고 싶어진다.

서투르기만 한 사람과 사람 사이, 먼저 다가서는 법을 이곳에서 어깨너머로 배운다.

그렇게 영화가 끝나갈 때쯤엔 영화 도입부에 가득 안고 있었던 응어리진 감정은 수그러든다. 개운해진 마음으로 쾌청하게 맑아진 기운을 구석구석까지 가득 충전하고, 여행의 기분 좋은 마침표를 찍는다.

에메랄드 빛 바다가 그리워질 때면, 사쿠라 씨의 자전거 뒷좌석에 올라타고 싶다. 한껏 진지하게 메르시 체조를 따라하고 바닷바람을 맞으며 뜨개질을 하거나 책을 읽고 싶다. 나는 또 다시 하마다로 떠날 준비를 한다.

독서 예찬

　내향적인 사람들이 모두 책벌레는 아니지만, 책벌레 치고 내향인이 아닌 사람은 많지 않다. 나 또한 활자 중독이 의심될 정도로 글과 관련된 모든 것을 좋아한다. 읽는 즐거움에 쓰는 즐거움까지 보태져 글에 대한 나의 사랑은 무한대로 발전했다.

　책과 관련된 모든 것을 좋아한다. 서점, 도서관, 헌책방, 물성 있는 책, 물성 없는 책, 신문, 잡지, 오디오북, 문자, 북카페…. 책과 글이 있는 수만 가지의 연결고리들에 빠짐없이 애착을 느낀다. 책이 있는 공간은 어디든 언제까지든 머물 수 있다.

　방학을 한 학교 도서관은 늘 사람이 없어 한적하다.

고요하고 포근한 이 공간은 무더운 여름과 칼바람이 부는 겨울이면 언제나 나만의 아지트가 된다. 나는 부지런히 그곳에 발도장을 남겼다.

왜 그렇게까지 책을 좋아하는지 나도 잘 모른다. 아마 종이의 질감, 책의 향기, 책이 주는 생각의 빈 공간, 마음의 안식이 되는 부드러운 말과 글 때문일 것이다. 적막 속 고요히 읽는 시간부터 종이 넘기는 소리까지 책에서 느낄 수 있는 모든 감성을 오감으로 세세하게 기억하고 싶다.

읽을 수 있는 모든 것은 방식을 가리지 않고 닥치는 대로 읽어치우지만, 역시 손에 잡히는 종이책을 가장 좋아한다. 누런 바탕을 빽빽하게 또는 드문드문 작가 입맛대로 채운 글자들이 빚어내는 조화는 형태만으로도 충분히 매력적이다.

사람 한 명 살지 않는 무인도에서도 책과 함께라면 무난하게 한 해의 절반 정도는 보낼 수 있을 것 같다. 내 여가 시간을 가장 성실하게 보조하는 오락은 언제나 '독서'다.

형체 없이 저장되는 정보를 물성 있는 대상 속에 담았으니, 책이란 실로 오묘한 존재다. 책은 언제나 사람보다 먼저 나를 위로하고 웃게도 울게도 만든다. 마음 맞는 책 한 권과 보낸 시간은 소중한 벗과 보낸 시간과 견주어도 부족하지 않을 만큼 알차다. 그 어떤 스승보다 나를 강하게 흔들어 일깨우고 나의 무료함을 달래준다. 시 한 편을 읽다보면 내가 살고 싶은 인생이 그 속에 잔잔하게 보이기도 하고, 내 마음을 도둑맞은 듯 책에서 벌거벗은 나 자신을 발견하기도 한다. 슬픈 단어가 없어도 마음을 후벼파는 순간을 맞아 눈물 번진 시야로 책장을 넘긴 적도 많다. 책들은 하루에 몇 번씩 변변찮은 나의 일상을 되돌아보라고 수없이 권한다. 책이 없는 내 삶은 상상할 수 없다. 책이라는 존재가 있기에 내가 완전하고 내 하루가 더 윤택하게 빛난다.

책은 교류의 도구이자 큐피트의 화살이 되기도 했다. 책 속 좋았던 구절을 옮겨 적어 슬그머니 책 사이에 마음을 담은 쪽지를 끼워넣기도 하고, 책을 선물하며 간접적으로 화해의 손길을 내밀기도 했다. 그와 나의 취향을 비교하며 서로간의 마음을 확인하는 매개체로도 사용하고, 돌려 읽은 책 한 권을 안주 삼아 몇 시간씩 대화를 이어가기도 했다. 책은 냉소적이고 무신경한 나에게 감성을 불어넣고 자기 중심적인 나에게 연민을 가르쳐주었다. 타인의 삶에 한 번 더 고개를 돌릴 호기심을 던져놓고 가기도 했다.

세월의 풍파에 취약한 만큼 읽은 자들의 흔적을 고스란히 남기는 책은 그만큼 사연 가득한 신비한 존재가 된다. 가끔 중고서점으로 책사냥을 떠나는데, 타인의 손때 가득한 헌 책들 가운데 구하고 싶어도 더는 구할 수 없었던 책들을 운 좋게만날 때가 있다. 절판 도서, 몇 차례 증쇄를 한 베스트셀러의 초판, 이미 타계한 작가의 귀한 친필 사인본을 발견하노라면 그 기쁨과 행운에 형언할 수 없는 카타르시스를 느끼기도 한다.

내가 태어나기도 전에 출간된 고서이지만 출간 년도가 의심될 만큼 상태가 좋은 책을 발견하면, 왠지 모를 경외심이 드는 한편 책을 사랑하는 한 명의 독자로서 괜스레 자존심이 상하기도 한다.

나는 집에서 별 다른 일을 하지 않아도 책이 있으면 언제나 충만하다. 해마저 저버린 어둡고 쓸쓸한 오후도 책이 있으면 오후 2시의 맑은 기분을 그대로 유지할 수 있다. 불빛마저 희미해진 적막한 시간에도 오래된 수필 한 권, 너덜너덜한 공책과 연필 한 자루면 읽는 나와 쓰는 나로 시간은 완전해진다.

퀴퀴하고 타분한 종이 냄새와 책 넘기는 소리, 사각거리는 연필 소리는 쓸쓸한 시간과 공간을 온기로 채우는 최고의 땔감이다.

자연

　자연은 내게 영감의 터전이자 안락한 쉼터다. 긍정
호르몬을 분비시키는 행복의 장소다. 그렇게 자연 놀음
은 나의 취미 생활이 되었다.
　내 또래 친구들은 나와는 상반된 문화 생활을 즐긴
다. 보편적으로 20대인 나의 친구들은 클럽, 콘서트, 놀
이 공원, 테마 파크, 야외 수영장을 좋아하고 즐긴다.
여행을 가도 패러글라이딩, 스쿠버다이빙과 같은 익스
트림한 스포츠를 즐기고 요란한 밤 문화에 익숙하다.
여름에는 오션월드를 가고 겨울에는 스키와 스노우보
드를 탄다. 시끄러운 곳에 가면 스트레스가 풀리고 소
리를 마음껏 질러도 누구 하나 간섭하지 않으니 가슴이

뻥 뚫린다고 한다. 반면 나는 시끄러운 음악에 소리를 지르고 불빛이 어지럽게 천장과 바닥을 비추는 곳에 가면 고막이 오염되고 온 몸에 있던 기가 다 빠져나가는 느낌이다. 집에 돌아오면 축 늘어져서 입도 뻥긋하기 싫어진다.

내가 즐기는 여가 활동은 이와는 데시벨부터 차이가 난다. 나는 항상 그랬다. 나는 항상 자연 곁에 있는 것이 더 즐거웠다. 도서관을 가도 늘 사람을 등지고 자연을 눈앞에 둔다. 그래서 창가 자리를 고집한다. 자연을 시야 가득 담아내면 엔도르핀이 솟는다. 행복이 온몸 구석구석으로 전해진다. 우울함이 날아가고 불안했던 마음은 잔잔해진다.

산으로 들로 바다로 자연의 소리를 들으러 가는 시간이 내겐 휴가다. 울창한 숲이 우거진 오솔길과 우뚝 솟은 오래된 나무가 버티고 있는 널찍한 가로수 길을 유유자적 걷는다. 삼림욕을 즐기며 피톤치드를 가득 받으면 기운이 나고 영혼이 맑아진다. 단풍이나 벚꽃을 보고 셀 수 없이 많은 별이 쏟아지는 하늘 아래에서 잠드는 것이 내가 꿈꾸는 이상적인 휴가의 모습이다.

자연은 늘 거대한 감동을 준다. 가끔은 길을 가다 그

아름다움에 가슴이 벅차올라 감당이 안 될 때가 있다. 같은 듯 다른 하늘의 빛깔과 매순간 시시각각 변하는 구름의 모양, 해질녘이 되면 옅은 붉은 빛으로 물드는 세상, 습한 기운이 감도는 안개 낀 새벽도 모두 나에게 충만한 영감과 깊은 울림을 준다. 몇 시간이고 말없이 바라보고 있으면 어느새 묵은 피로가 가신다. 내가 기를 받고 휴식을 취하는 순간은 자연 곁에 있을 때다. 동물과 식물이 있는 곳이다.

자연은 소리도 좋고 냄새도 좋다. 까마귀 울음소리도 바람소리도 좋다. 제일 좋아하는 소리는 빗소리다. 우렁찬 장대비, 예고 없이 내리는 여우비, 우산 쓰기 애매한 부슬비, 모두 매력적이다. 하늘에 구멍이라도 뚫린 듯 매섭게 쏟아져 내리는 빗소리를 듣고 있으면 내 마음의 때도 굵은 빗방울과 함께 씻겨 내려갈 것만 같다.

빗물에 촉촉하게 젖은 보도블럭조차 좋다. 비가 오면 크리스마스 전날처럼 마음이 들뜬다. 빗소리뿐만 아니라 자연이 내는 모든 소리가 나의 기분을 환기한다. 천둥 소리조차 좋다.

비가 내린 다음 날이면 젖은 아스팔트에서 비 비린

내가 난다. 강가로 가면 습한 물 냄새와 풀 내음이 섞여 오묘한 향기를 만든다. 꽃이 피는 봄이 되면 봄 향기가 길가를 가득 메운다.

나는 사교 문화보다 물 흐르듯 자연과 하나 되는 시간이 더 좋다. 자연의 냄새를 맡고 사계절 특색이 뚜렷한 날씨의 변화를 멀찍이 지켜보고 눈과 비와 햇살을 몸으로 느끼는 것이 행복이다.

돗자리를 펴고 바람 냄새를 맡으면서 먹는 도시락과 파도 소리를 들으면서 걷는 모래사장이 내가 그리는 여가 생활이다. 사랑하는 사람과 함께 자연 속을 걷고 싶고 시간도 보내고 싶다.

단골 카페

　일을 하지 않는 휴일 오후 나는 약속이 없으면 종종 카페에 간다. 만만한 게 카페다. 도서관은 6시면 문을 닫고, 서점은 사람으로 붐빈다. 카페는 연중무휴에 잘 고르면 대관해 사용하는 듯한 착각이 들 만큼 조용하다.

　유동인구가 많은 곳과 대로변은 피한다. 주택가 골목 구석진 곳에 자리한 단층 건물, 앉을 자리가 넉넉하면서도 공간이 널찍하고 글을 쓰고 독서를 할 수 있는 곳, 소음으로부터 자유로운 그런 곳을 찾는다. 내 입맛에 꼭 맞는 그런 곳을 우연찮게 찾았다. 이곳의 단골이 된 지 어언 1년이 흘렀다.

어느 겨울날 답답함에 바람을 쐬고 싶어 무턱대고 밖을 나섰다. 노트북, 몰스킨, 펜, 읽다 만 소설, 휴대폰, 이어폰을 챙겨 무작정 버스 정류장에 다가온 번호도 모르는 버스에 몸을 실었다. 버스를 탄 지 40분쯤 흘렀나, 창 밖을 내다보며 스쳐지나가다 한 커피숍이 유난히 눈에 띄어 부리나케 내렸다.

크리스마스 당일이었다. 카페에는 젊은 사장님 한 분과 나, 둘뿐이었다. 따뜻한 음료를 한 잔 시키고 카운터 옆 구석진 곳에 자리를 잡았다. 조명은 밝지도 어둡지도 않은 따스한 색감의 백열등, 테이블에는 크리스마스 분위기가 나는 리스와 썰매가 그려진 빨강과 초록의 테이블보가 깔려 있었다.

5시간쯤 카페에 있었다. 홀로 카페를 가면 그 긴 시간 동안 대체 무엇을 하냐고 가족과 지인들은 묻곤 한다. 별것 하지 않는다. 노트북이 있으면 영화를 한 편 본다. 평소 읽으려고 묵혀놓은 책 한 권도 훌륭한 놀잇감이 되고, 성능 좋은 헤드폰을 들고 가면 카페가 작은 소극장이 된다. 적당한 크기의 수첩을 한 권 챙겨 가면 일기를 쓰거나 미숙해서 남들에게 보여주기 부끄러운 소설의 프롤로그를 쓰기도 한다. 《어린 왕자》를 원서로 읽고 싶어서 시작한 불어 공부를 조금이라도 할 수 있는 건 지금뿐이라는 생각에 오디오북을 열심히 듣기도 한다.

이렇게 가져온 장난감들과 한바탕 놀고 나면 유리창 너머는 이미 어둑어둑해진 지 오래고, 엇비슷한 시간대에 들어와 공부를 하던 앞자리도 비어 있다.

카페는 내게 좋은 놀이터다. 자유롭게 공상하고 편하게 쉬면서 창의성을 발휘하는 공간이다. 상상의 심해를 탐험하고 생각의 동굴을 열심히 헤집고 파다보면 어느새 어깨와 가슴을 짓눌렀던 답답함이 해소되고 엔도르핀이 솟구친다.

프랑스에는 볕 좋은 카페 테라스에 앉아 에스프레소 한 잔을 놓고 신문을 읽는 노신사들이 많다. 여유 있는 혼자만의 시간을 한 번 보내보면 그 매력에 흠뻑 빠져들 수밖에 없다.

은밀한 외출

나는 누군가의 시선이 내게 고정된다는 사실이 싫다. 나를 응시하는 눈이 많을수록 그것이 긍정이든 부정이든 상관없이 나를 불편하게 한다. 그래서 카페를 가도 항상 창가 자리나 벽 쪽 코너 자리, 사람을 등질 수 있는 곳을 선택한다.

하지만 아이러니하게도 공기 중에 사람 내음이 나는 것은 꽤 좋아해 공공 도서관, 공원, 가로수길, 광장, 서점, 빵집, 카페에 자주 간다. 직접적인 관심은 부담스럽지만 방해 없이 흩어진 사람의 흔적은 좋다.

정적과 혼자의 시간을 누구보다 좋아하지만 공공 장소에서 보내는 시간 또한 다른 의미로 매우 즐긴다. 주

고받는 상호 교환이나 직접적 신체 접촉은 없어도 사람
이 머무는 곳의 활기가 내게 많은 에너지를 준다.

하루 종일 한 발자국도 안 움직이고 집에만 있다보
면 사람 냄새가 그리워져서 이런 식으로 대중 사이에
살짝 걸터앉아 시간을 보내곤 한다. 말을 거는 사람도,
말을 해야 할 필요도 없지만 그 자체만으로도 직접적인
교류를 했다는 착각이 들 만큼 충전이 된다.

사람들이 스쳐간 흔적만으로도 나는 충분히 그리웠
던 사람에 대한 갈증이 채워진다. 누군가를 만나서 긴
시간 대화를 나누는 것도 좋지만 얼굴을 마주보고 함께
무언가를 해야 하는 만남은 꽤 소모적이고 피곤하다.
매일같이 한다고 생각하면 분명 지쳐서 다시 나만의 동
굴 속으로 들어가 동면하고 싶어질 것이다.

그래서 혼자만의 시간을 충분히 확보하고, 이렇게
종종 산책하듯 외출을 한다. 인파 틈바구니 속에 가만
히 앉아 내 할 일을 묵묵히 하는 은밀한 외출이다. 사람
들 사이에 끼여 낯선 이들을 구경하고 그들의 이야기를
귀동냥 한다. 나는 늘 사람이 적당히 모여드는 공간을
찾는다. 많을 필요도 없이 카페 주인, 창문 밖 스쳐지나
가는 행인들만으로도 충분하다.

칸막이 쳐진 독서실에 간 기억은 없다. 고3 때도 그랬고, 대학 재학 중 시험 기간에도 마찬가지다. 항상 널찍하게 트인 도서관을 찾았다. 넓은 창과 커다란 책상이 있는 곳이어야 했다. 고개를 들면 사람이 듬성듬성 보이고 발소리, 연필 소리, 책장 넘기는 소리가 들리고 높은 천장과 큰 창문 너머로 하늘이 보이고 햇빛이 비쳐야 했다.

낯선 사람들 사이에 파묻혀 있는 나 혼자만의 시간이 좋다. 철저한 혼자에 의한, 혼자를 위한 시간도 좋지만, 그림자처럼 사람 곁에 나직하게 맴돌 때도 참 좋다.

욕조 따뜻한 물에 몸을 담근다

일본에 온 뒤로 거의 매일 목욕을 하고 있다. 샤워가 아닌 욕조에 따뜻한 물을 담아 몸을 담그는 목욕 말이다.

일본에는 아파트, 주택, 살고 있는 주거가 어떤 형태든, 좁든 비싸든 상관없이 모든 집에는 욕조가 기본적으로 다 있다. 목욕이 일상화된 곳에 살다보니 나도 그 일상에 자연스레 녹아들었다.

내가 사는 곳은 여럿이 모여 사는 아주 작은 기숙사 원룸이지만, 이 작은 원룸에도 어엿한 욕조를 갖추고 있다.

일본의 가정집에는 보통, 욕조 물을 데울 수 있는 장

치까지 있어, 가족 전원이 돌아가며 처음 받은 물로 목욕을 한다. 목욕물을 받아놓고 가장이 귀가를 하면 가족 구성원들 모두 차례로 목욕으로 몸을 따뜻하게 데운 뒤 개운하게 하루를 마친다.

이런 풍경을 어깨 너머 곁눈질로 보며, 못내 부러워했었다. 해본 적이 없어 좋은지 몰랐으나, 이렇게 몇 주간 매일 밤 목욕을 하다보니, 욕조 없는 생활로 돌아갈 수 있을지 벌써 걱정이 된다.

한동안 흐린 날씨가 계속되고 밤과 새벽은 으슬으슬하기까지 했다. 비도 내리고 기온이 뚝 떨어진 날이면 목욕이 더 절실해진다. 바깥 공기는 차가워도 욕조 안에 들어가면 금세 이마에 구슬땀이 송글송글 맺힌다. 일본의 욕실은 창문이 없고 환풍구로 환기를 하는 구조라, 뜨거운 물을 받아놓으면 욕실 안에 김이 서릴 정도로 온기로 가득 찬다.

반신욕의 의학적 효능은 여기저기서 익히 들어 이미 알고 있었지만 물리적 장점 외에 정신적 장점도 그에 못지않게 뛰어나다.

매일 밤 목욕하는 시간이 기다려져, 시간이 더디게 간다는 생각이 들 만큼 열기 가득한 욕실에 들어가, 탕 속에서 고요한 시간을 보내고 있으면, 피로가 서서히 풀리고 노곤함이 찾아온다.

나는 원래 사우나를 비롯해 목욕탕, 한증막, 온천까지 목욕을 즐기지만, 이렇게 내 집에서 홀로 목욕을 즐겨보니, 목욕 문화에 대한 나의 강한 애정을 다시금 확인할 수 있었다.

따뜻한 물 속에 몸을 담근 채 불을 끄고 적막과 어둠 속에서 반 시간 정도 앉아 있으면 몸과 마음이 훈훈해진다. 목욕한 뒤에는 마시는 물도 더 달고, 입은 옷의 감촉도 더 좋게 느껴진다. 바삭하게 잘 마른 새 잠옷을 입고 이불 속에 들어가면 더없이 포근하기만 하다.

매일 밤 탕 속에 들어가 보내는 혼자만의 고요하고 따뜻한 시간은 하나의 의식이 되어, 하루의 온도를 조절하는 역할을 하고 있다.

라이딩

답답할 때는 집을 나서 발이 가는 데로 걷는다. 날씨가 푸근하면 자전거를 탄다. 옷 무게가 가볍고 바람이 시원하다. 주머니에 엠피쓰리를 찔러 넣고 물통을 챙겨 무작정 페달을 밟는다. 페달을 성실하게 밟다보면 한강에 다다른다.

라이딩은 날씨에 영향을 많이 받는다. 나는 다소 쌀쌀한 날의 라이딩을 가장 즐긴다. 여름 라이딩은 너무 덥다. 페달질을 멈추는 순간 전신이 땀으로 흠뻑 젖는다. 서울 시민들 죄다 한강에 둥지를 튼 것마냥 사람도 너무 많다. 늦여름과 초가을의 심야 라이딩은 쌀쌀해진 날씨 탓에 사람은 적고 바람은 적당하다. 춥지도 덥지도 않아 라이딩하기에 최적이다.

　같은 시간에 늘 라이딩을 하면 한강에서 매번 비슷한 멤버들과 마주친다. 조깅하는 청년, 뒤로 걸으면서 손뼉을 탁탁 치는 선글라스 낀 할아버지, 도란도란 이야기 나누며 걷는 중년 부부 한 쌍, 체육복을 입고 힘차게 뛰는 젊은 여자.

　심야 라이딩은 비염 환자의 코를 뻥 뚫어줄 정도로 시원하고 가슴은 더 뻥뻥 뚫린다. 페달의 마찰로 만들어낸 속도감은 짜릿하다. 자전거, 바람, 길 위의 내가 삼위일체가 되어 그 흐름 속에 나를 가만히 맡기고 있으면 사우나실에 오도카니 앉아 느끼는 정신적 충만과는 사뭇 다른 육체적 충만이 느껴진다. 언덕을 올라갈 때면 엉덩이를 안장에서 잔뜩 치켜세워 온 힘을 다해 오르막을 오른다. 숨이 차오를 때쯤 수평선이 보이고 가슴은 벅차오른다. 내리막이 보이는 지점에서 서서히 페달에서 발을 뗀다. 팔을 펼치면 어깨 위에서 날개가 돋아나 날 수 있을 것 같다. 차가운 공기를 힘껏 들이마시고 숨을 내쉰다.

　언덕을 두어 번 오르락내리락 반복하다보면 앉을 공간이 하나둘씩 눈에 띈다. 마음에 드는 쉼터를 찾을 때까지 페달질은 계속된다. 페달질을 멈춘 곳은 그라피티가 계단 벽면을 장식하고 다리가 위를 덮어 지붕의 역할을 하는 아늑한 계단식 쉼터였다. 자전거를 대충 옆에 세워놓는다. 입고 있던 후드의 지퍼를 느슨하게 내리고 모자를 눌러 쓴다. 계단 위에 누우니 바람 소리가 들리고 강의 물비린내가 밀려온다.

이 순간만큼은 세상의 모든 자유가 내 것이다. 나는 내 삶의 주인이고 자전거와 10곡 남짓의 음악이 담긴 엠피쓰리만 있으면 난 어디든 갈 수 있다.

자전거에 다시 올라타 열심히 페달을 밟는다. 강가로 내려가는 샛길이 보인다. 보행자 도로 옆 자그마한 내리막 샛길이다. 자전거에서 내려 강가 코앞까지 가본다. 강 냄새가 강하게 머리를 울린다. 바다와 강은 냄새가 다르다. 바다에서는 활기찬 남성적인 향이 나고, 강은 왠지 뭐든 포용해줄 것 같은 중년 여자의 향기가 난다. 어쩐지 좀 촌스러운 향이기도 하다. 시대에 뒤처지는 무기력한 촌스러움이 아닌, 그리워서 또 찾게 되는 그런 촌스런 향이다.

자전거를 옆에 세워두고 강가에 아무렇게나 방치되어 있는 공사장 구조물처럼 보이는 바리케이트 위에 걸

터앉는다. 강 건너 건물들이 반짝반짝 빛난다. 불빛 너머로 남산타워가 보인다. 콧노래가 흘러나올 만큼 벅차다.

강 건너 세상은 너무 밝고 넓고 화려하다. 나는 참 작은 존재다. 이렇게 페달질과 강 냄새 맡기를 몇 번 반복하다보면 파도 치던 내 마음도 평화를 찾는다. 아쉬움이 안 들 만큼 머물다 집으로 돌아간다. 돌아온 후에도 아직까지 마음이 잔잔한 물결로 두근거린다.

친구

사람을 사귀는 일은 언제나 쉽지 않다. 구태어 폭넓게 인간 관계를 만들려 하지 않는다. 나와 마음 맞는 사람 한 두 명이면 관계가 주는 이점은 다 누렸다고 생각하기 때문이다. 넓은 인맥이 주는 혜택도 분명 있겠지만 감내해야 할 희생의 무게가 더 버겁다.

사회에 나가면 깊이 있는 관계맺음이 힘들다는 어른들의 한숨 섞인 말에도 불구하고 나는 평생의 대들보가 되어줄 친구를 성인이 되어서 만났다. 대학 생활을 통틀어 가장 큰 자산이 될 친구들을 만날 수 있었다.

사람을 많이 사귀지 않아 불편했던 적은 없다. 친구가 될 연이 있는 사람은 나의 내향성을 관계의 장벽으로 여기지 않았고 곁을 그저 묵묵히 지켜주었다. 축적된 시간이 흐르며 우리는 친구가 되었다.

백 명의 사람을 만나 백 명 모두와 친해지는 사람이 있는가 하면 99명과는 말 한 마디조차 섞지 않는 사람도 있다. 나는 후자다. 여전히 사람 많은 곳에서 나는 어색하고 불편하다. 말도 활달하게 하지 않는다. 하지만 단 한 명의 연이 닿는 사람을 나는 깊고 우직하게 파고든다.

깊은 관계, 신뢰감 있는 친구는 시간이 만든다고 생각하지 않는다. 나를 믿어주는 마음과 주고받을 수 있는 공감이 중요하다. 알고 지낸 지 3년이 조금 안 된 친구가 있다. 언제나 자기 이야기를 내게 솔직하게 털어놓고 뭔가를 함께 하자고 제안했다. 고민이나 고충을 홀로 삭히는 나와 달리, 그녀는 모든 것을 나와 가감 없이 나눴다. 사람 사이의 거리가 좁혀지는 데 시간이 오래 걸리는 나는 그저 다가옴을 막지만은 말자라는 심정으로 그녀를 대했다. 기계적인 나의 반응에도 친구는 아랑곳하지 않고 내게 애정 표현을 해왔다. 부모님과 크게 다투고 울다 잠이 들었을 때도 이 친구는 내게 전화를 했다. 본능적으로 내가 울고 있다는 걸 알았다는 착각이 들 만큼 아슬아슬하고 위태로울 때 그녀는 내게 손을 내밀었다. 그때 느낀 고마움은 아직까지 잊히지 않는다.

지난 2년 간 개인적 괴로움을 단 한 번도 사람을 통해 해소하지 않았다. 하지만 홀로 감정의 찌꺼기를 정리하는 일이 나도 힘겨웠나보다. 친구의 목소리가 너무 반가웠다. 평소처럼 방에서 홀로 글이나 쓰며 풀었을 시간을 친구가 대신 함께 해줬다. 나도 내심 사람의 손이 그리웠던 것이다.

참 오랜만에 금기시 여기던 술을 한잔했다. 친구에게 전화해줘서 참 고마웠다고 얘기하자, 그녀는 내게 더 고맙다고 한다. 힘든 일이 있어서 전화했는데 거절하지 않고 나와 줘서 고맙다고 말이다.

나는 친구가 많지 않다. 혼자 있는 시간을 워낙 좋아하기도 하고, 사람과의 만남에서 피로감을 많이 느낀다. 누군가가 적극적으로 관계를 맺으려고 내 삶에 들어오지 않는 한 새로운 사람을 잘 만나지 않는다.

나는 확실히 친구가 몇 안 된다. 하지만 10명의 친구보다 단 한 명이라도 나를 진실된 마음으로 지지해준다면 그것이 더 충만하다. 나는 친구가 없다는 사실이 불

편하지 않다. 지금과 같은 교류 방식을 바꿀 생각도 없
다.

진짜 부러워해야 할 사람은 친구가 많은 사람이 아
니라 삶의 고저(高低) 속에서 한결같이 곁에 있어줄 단
한 명의 친구를 가진 사람이라 생각한다.

송년회

매년 그렇듯 올해도 홀로 여행을 하며 매듭을 지을
심산으로 한 해가 저물어가는 이 시점 짐가방을 꾸렸
다. 일상을 벗어난 곳에 오니 활력이 차오른다. 올해 감
사한 일, 기쁜 일도 많았지만 또 동시에 한계에 부딪히
고 좌절하며 내 자신을 증명하고자 힘겹게 고군분투하
기도 했다. 헝클어진 생각을 한 가득 안고 터미널에 왔
다. 1년을 조곤조곤 씹으며 버스에 올라탔다.

이번 여행 역시 무엇도 정하지 않았다. 하고 있던 일
이 마무리되는 대로 막연히 떠나야겠다는 생각이 유일
한 계획이었다.

낯선 곳에서 홀로 시간을 보내며 조금씩 기력을 회

복하는 중이다. 긴 여행이 될 것 같다. 낯선 향기가 있는 곳은 내게 힘을 준다. 이곳저곳 돌아보며 발길 닿는 곳, 마음이 끌리는 곳 여기저기를 돌아다니고 있다. 눈이 떠지면 준비를 하고 정처 없이 걷다 버스 정류장에 다다르면 다가오는 버스에 올라탄다. 도심을 벗어나자 식당이 듬성듬성 보인다. 눈에 띄는 식당에 눈도장을 찍어놓고 다음 정류장에서 내린다. 그곳에서 식사를 하고 또 버스를 탄다. 그렇게 예쁜 풍경, 아기자기한 마을, 탁 트인 정경이 있는 곳으로 향한다. 배가 고파지면 카페에 들어가 요기를 하고, 편의점에 들러 주전부리와 마실 것을 산다. 걷다 지치면 잠시 벤치에 앉아 책을 읽거나 사진도 찍고 글도 쓴다. 힘이 나면 또다시 걷는다. 그렇게 걷고 쉬고 버스에 오르고, 먹고 다시 걷고 해가 지면 숙소로 돌아간다. 정해진 일정도 가야 할 곳도 없다. 하루하루 그렇게 보내고 있다.

짐은 가볍고 간소하게 꾸린다. 17인치 케리어 하나와 배낭이 전부다. 빨래가 가능한 숙소를 선택하고 옷과 화장품은 최소한으로 챙긴다. 무거운 신발과 옷은 신고 입고, 걸치는 외투는 단벌을 고수한다. 옷만 줄여도 짐의 부피가 상당히 가벼워진다.

아침은 근처 편의점에서 두유, 사과 정도로 가볍게 먹는다. 끼니는 눈에 보이는 허름한 밥집에서 해결한다. 입맛은 길들여지면 익숙해지므로 어디서든 잘 먹는다. 잠자리도 고집스럽게 굴지 않는다. 그러면 전 세계 어디든 나의 집이 된다.

고작 버스로 4시간 달려온 이곳에서도 낯선 향을 느낀다. 시야의 지평이 넓어지는 경험을 한다. 넓은 세상을 더 많이 더 풍부하게 밟아봐야겠다는 생각이 들었다.

이상하게 한 곳에 오래 머물면 그곳의 익숙함이 나를 갉아먹는다. 안정, 고향, 정착에 대한 애착이 없어서인가. 익숙해지면 그 익숙함이 내 숨통을 조이고 위에서 아래로 좌우에서 중심으로 나를 압박하는 기분이 든다. 한 곳에 뿌리내리는 것에 대한 두려움이 있는 건지 오래 살면 애착과 추억이 생기기보다 내가 있을 곳이 아닌데 하는 불안이 생긴다. 정착에 대한 두려움도 나이가 들고 시간이 흐르면 조금씩 둥글어지겠지.

일단은 이렇게 숨통을 트여주기 위해 종종 아는 사람 하나, 익숙한 길 하나 없는 곳으로 떠난다.

지난 해 연말에는 홀로 절에 갔었다. 그때도 한 계절

을 마무리하며 본능적으로 여행을 떠났었다. 새벽 공기 어슴푸레한 절간을 맨발로 산책하며 맑은 사찰의 냄새가 생생하다. 중대사를 앞두거나 거사를 치른 후면 꼭 절에 갔다. 처음 백팔배를 했던 날이 떠오른다. 송글송글 이마에 맺힌 땀을 닦으며 염주를 끼웠다. 언제가 될지 모를 미래의 나에게 편지도 썼다. 뭐가 그리도 서러웠는지 스님과 차담을 하던 시간에 어깨를 들썩이며 흐느껴 울기도 했다. 그때 나이 스물한 살이었다.

서울만큼 복잡하고 넓은 곳이 없다지만 대도시에 있을수록 그곳이 너무나도 좁게 느껴진다. 면적 대비 인구 밀집도가 높아서인지, 외곽으로 벗어날수록, 나무와 바다와 숲이 있는 곳이야말로 더 자유롭다. 부자가 된 기분이 든다. 도심은 물리적 밀도만큼 정서적 밀도 또한 높은 탓이다.

어떤 삶이 부유한 삶인지는 오직 스스로 평가하는 하루 끝 나의 감상에 있는 게 아닐까. 그런 생각이 든다. 바다가 좋으면 바다에 살면 되고 산이 좋으면 산 곁에 살면 된다. 책과 글이 좋으면 책을 읽고 글을 쓰는 삶을 택하면 된다. 좋아하는 일을 쫓는데는 억만금의 돈이 들지 않는다.

이렇게 팔도 연안을 쫓으며 망망대해를 바라보고 있자니 내가 살고 싶은 곳이 이곳이 아닐까 하는 막연한 확신이 든다. 귀촌, 귀농과 같은 거창한 말은 붙이지 않는다. 시골에 살아야 행복한 것도, 도시에 산다고 불행하지도 않다. 시골의 삶이 좋은 자들은 시골로, 도심이 좋은 사람들은 도심에 남으면 된다.

해야 할 일도 가야 할 곳도 만나야 할 사람도 처리해야 할 일도 아무것도 없다. 궁극의 자유를 온 몸으로 느끼며 몇 주간 한량이 되어보련다.

에필로그

　나는 내향성이 아주 강한 사람이다. 내향과 외향, 굳이 선을 긋고 싶은 생각은 없지만 분명 타고난 성향은 누구에게나 존재한다. 한편 나는 외향성도 가지고 있다. 더 정확히 말하면 환경에 적응하기 위해 계발했다.

　우리 사회에서 내향인으로 살아가는 건 쉽지 않다. 특히 공감, 교류, 무난함을 강조하며, '함께' 어울리는 것이 인간답다고 이야기하는 사회일수록, 또 '좋은 성격'은 곧 활발하고 잘 어울리는 사람이라 인식할수록, 내향인들은 어딘가 독특하고 비주류적인 문제아 정도로 비춰진다. 그러나 최근에는 내향인을 바라보는 사회의 시선이 조금씩 달라짐을 느낀다. 관련 서적도 많이 나오고, 온라인에서도 내향인의 잠재력을 이야기하는 강연자들이 등장해 내향성이 가진 힘을 설파하고 있다.

이 책은 내향적인 사람의 시선으로 읽은 세상살이 및 외향적인 세상 속에서 내향인 나름의 정체성을 지키며 살아온 한 개인의 분투기다. 내향성에 대한 인식은 낮다. 우리 사회에서 보편적으로 너그럽게 수용되는 성향은 더더욱 아니다. 단순히 내성적이고 낯을 가리고 사회성이 떨어지는 은둔형 외톨이 정도로 치부되는 선입견도 없지 않다.

내향인도 얼마든지 사교적이고 밝고 또 어울림에 거리낌이 없기도 하다. 단지, 그 성향의 차이는 혼자를 받아들이는 태도로 구분된다. 어떤 방식으로 에너지를 얻는지가 내향성을 결정한다. 자극을 받아들이는 과정이 직선적인 외향인과 달리 내향인은 자극을 잘 처리하지 못한다. 사고체계도 곡선적이라 감정과 변화에 적응하고 받아들이기까지 긴 시간이 걸린다. 말수가 적고 생각이 많고 자극에 민감한 점 모두 내향인이 공유하는 특징이다.

평생을 지독한 내향인으로 살아온 나는 말 못할 고

충을 많이 겪었다. 혼자가 좋아 혼자의 시간을 즐겁게 보낼 뿐인데 그런 나를 아니꼬운 시선으로 바라보는 사람도 있었고, 이해할 수 없다는 반응도 종종 들어야 했다. 외향적인 사고 방식과 행동 양식을 요구하는 서구 교육 생태계에서 유년과 청소년 시절을 보내며 자신의 내향성을 부정하기도 했다.

또래 친구들이 즐기는 놀이 문화보다 고요하고 정적인 취미 생활을 가졌다는 점도 나를 어딘가 독특한 외지인으로 만들었다. 그래서 '내향인의 세상 읽기'라는 주제로 블로그에 글을 쓰기 시작했다. 내향적인 사람들의 오해와 편견을 벗고 사람들에게 내향성이 가진 장점과 잠재력을 알리고 싶어서였다. 동료 내향인들에게는 공감과 자신감을, 그 밖의 여집합에 속하는 사람들에게는 우리에 대한 이해와 존중을 얻고자 시작한 글쓰기였다.

이 글은 내향성에 대한 이론을 깊이 연구한 논문이 아니다. 수만 명의 내향적인 사람 가운데 또 한 명의 내향적 성향을 지닌 개성 강한 한 개인의 에세이에 더 가깝다. 단지 내가 이 책을 통해 하고자 하는 말은 당신이 어떤 사람이건, 무엇을 좋아하건 당신은 결코 혼자가 아니라는 것이다. 혼자도 아니고, 틀리지도 않았다. 다르다는 이유로 내가 좋아하는 것을 숨기고 부끄러워하는 것만큼 바보 같은 짓은 없다. 영화 '족구왕'의 대사다.

긴 시간을 돌아왔다. 스스로를 꾸짖고 부정했던 10대가 흐르고 20대가 되어 더 지독하게 타오르는 나의 내향성을 마주하며 더는 부인할 수 없음을 깨달았다. 이제 누구보다 당당하게 내향적인 자신을 존중하며 내향성을 연료 삼아 스스로의 잠재력을 펼치고 살아갈 것이다. 그리고 내향인들이 얼마든지 자신의 내향성을 훈장처럼 여기며 공존할 수 있는 생태계를 만들기 위해 앞장설 것이다.

내향인입니다

1판 1쇄 발행 2018년 10월 30일
1판 2쇄 발행 2019년 11월 15일

지은이 진민영
펴낸이 김현정
펴낸곳 책읽는고양이/도서출판리수

등록 제4-389호(2000년 1월 13일)
주소 서울시 성동구 행당로 76 110호
전화 2299-3703
팩스 2282-3152
홈페이지 www.risu.co.kr
이메일 risubook@hanmail.net

ⓒ 2018, 진민영
ISBN 979-11-86274-43-9 03810

※책값은 뒤표지에 있습니다.
※잘못 제본된 책은 바꾸어 드립니다.
※이 도서의 국립중앙도서관 출판시도서목록(CIP)은 서지정보유통지원시스템 홈페이지
(http://seoji.nl.go.kr)와 국가자료공동목록시스템(http://www.nl.go.kr/kolisnet)에서
이용하실 수 있습니다. (CIP제어번호 : CIP2018031580)